Le Masque de la Première Dame Tombe

Marc Rey

Le Masque de la Première Dame Tombe

© 2025 **Marc Rey**

Édition : BoD · Books on Demand, 31 avenue Saint-Rémy, 57600 Forbach, bod@bod.fr

Impression : Libri Plureos GmbH, Friedensallee 273, 22763 Hamburg (Allemagne)

ISBN : 978-2-3225-1635-3

Dépôt légal : Avril 2025

Prologue

Le ciel de Paris s'assombrissait, annonçant une nuit qui promettait d'être longue et orageuse. Dans le bureau ovale de l'Élysée, Élisabeth Marceau, Première Dame de France, se tenait debout face à la fenêtre, son regard perdu dans le jardin en contrebas. Le reflet de son visage dans la vitre trahissait une inquiétude qu'elle s'efforçait habituellement de dissimuler.

Derrière elle, assis à son bureau, le Président Julien Marceau parcourait frénétiquement un dossier marqué "CONFIDENTIEL". Le silence pesant qui régnait dans la pièce n'était rompu que par le bruissement des pages qu'il tournait nerveusement.

"Élisabeth," dit-il enfin, sa voix trahissant une tension inhabituelle. "Es-tu certaine d'avoir tout dit ?"

La Première Dame se retourna lentement, son visage affichant un masque de calme qui contrastait avec l'agitation de son mari. "Julien, nous en avons déjà parlé. Il n'y a rien d'autre à dire."

Un éclair illumina soudain la pièce, suivi d'un grondement de tonnerre qui sembla faire trembler les murs du palais présidentiel. Élisabeth tressaillit imperceptiblement.

"Ces rumeurs... ces documents qui circulent..." Le Président laissa sa phrase en suspens, cherchant ses mots. "Si quelque chose venait à..."

"Rien ne viendra à la lumière," l'interrompit-elle d'un ton ferme. "Parce qu'il n'y a rien à découvrir."

Julien Marceau se leva, contourna le bureau et s'approcha de sa femme. Il prit ses mains dans les siennes, plongeant son regard dans le sien. "Je te fais confiance, Élisabeth. Mais je dois savoir. Notre avenir, celui de la France, en dépend."

Un nouveau silence s'installa, lourd de non-dits et de secrets enfouis. Élisabeth dégagea doucement ses mains et caressa la joue de son mari. "Fais-moi confiance, mon amour. J'ai toujours su gérer les crises. Celle-ci ne sera pas différente."

À cet instant, le téléphone sonna, faisant sursauter le couple présidentiel. Julien décrocha, écouta un moment, puis raccrocha, le visage blême.

"C'était le ministre de l'Intérieur," annonça-t-il d'une voix blanche. "Une journaliste fouille dans ton passé. Elle s'appelle Léa Moreau."

Le masque d'assurance d'Élisabeth vacilla un instant, laissant entrevoir une lueur de panique dans ses yeux. Mais en une fraction de seconde, elle reprit le contrôle.

«Laisse-mm'en occuper," dit-elle d'un ton qui ne souffrait aucune contradiction. "Ce ne sera pas la première fois qu'on essaie de me déstabiliser."

Alors qu'elle quittait le bureau, Élisabeth Marceau sentit le poids de ses secrets peser sur ses épaules comme jamais auparavant. Elle savait que la tempête qui grondait au-dehors n'était rien comparée à celle qui s'annonçait.

Dans l'ombre d'un immeuble non loin de l'Élysée, une silhouette observait les fenêtres illuminées du palais présidentiel. Léa Moreau, carnet en main, notait frénétiquement ses observations. Elle ignorait encore dans quel labyrinthe de mensonges et de manipulations son enquête allait l'entraîner, ni le prix qu'elle devrait payer pour la vérité.

La chasse était lancée, et rien ne serait plus jamais comme avant.

Chapitre 1 : Une Enquête Commence

Le soleil se levait à peine sur Paris lorsque Léa Moreau, journaliste d'investigation au Révélateur, franchit les portes de la rédaction. À 32 ans, Léa était déjà connue pour son acharnement à dénicher les secrets les mieux gardés. Ses cheveux bruns coupés court et ses yeux verts perçants lui donnaient un air déterminé qui inspirait autant le respect que la crainte chez ses sources.

Ce matin-là, elle avait été convoquée de toute urgence par son rédacteur en chef, Marc Lefort. En entrant dans son bureau, elle le trouva penché sur son ordinateur, le visage grave.

"Léa, assieds-toi," dit-il sans préambule. "J'ai reçu des informations troublantes sur Élisabeth Marceau."

Le cœur de Léa fit un bond. La Première Dame de France, épouse du jeune et charismatique Président Julien Marceau, était une figure fascinante qui intriguait les médias depuis des années.

"Quel genre d'informations ?" demanda Léa, son instinct de journaliste déjà en alerte.

Marc lui tendit un dossier. "Des incohérences dans sa biographie officielle. Des zones d'ombre sur son passé. Et surtout, des rumeurs sur une possible implication dans une opération secrète des services de renseignement dans les années 80."

Léa parcourut rapidement le dossier, son excitation grandissant à chaque page. "C'est énorme, Marc. Si c'est vrai, ça pourrait faire tomber le gouvernement."

"Exactement," acquiesça Marc. "C'est pour ça que je te confie cette enquête. Tu es la meilleure pour ce genre d'affaire. Mais sois prudente, Léa. Tu vas remuer des secrets d'État. Ça pourrait être dangereux."

Léa hocha la tête, déjà plongée dans ses réflexions. Elle savait que cette enquête allait être la plus importante de sa carrière. Et peut-être la plus périlleuse.

Les jours suivants furent un tourbillon de recherches frénétiques. Léa plongea dans les archives, interrogea d'anciens camarades de classe d'Élisabeth, tenta de retracer son parcours avant qu'elle ne devienne la femme du futur président.

Mais plus elle creusait, plus les mystères s'épaississaient. Des pans entiers de la vie d'Élisabeth semblaient avoir été effacés. Des témoins clés étaient introuvables ou refusaient de parler. Et surtout, le nom d'une mystérieuse "Opération Phénix" revenait sans cesse, toujours associé à des documents classifiés inaccessibles.

Un soir, alors qu'elle travaillait tard au bureau, Léa reçut un appel d'un numéro masqué. Une voix déformée lui donna rendez-vous le lendemain matin dans un parking souterrain. "Si vous voulez la vérité sur Élisabeth Marceau, venez seule," dit la voix avant de raccrocher.

Léa hésita longuement. C'était risqué, mais c'était peut-être sa seule chance d'obtenir des informations concrètes. Elle décida d'y aller, tout en prenant ses précautions.

Le lendemain matin, le cœur battant, elle se rendit au lieu de rendez-vous. Une silhouette encapuchonnée l'attendait dans l'ombre. L'homme lui tendit une enveloppe.

"Tout est là-dedans," murmura-t-il. "Le vrai nom d'Élisabeth Marceau, son passé secret, les détails de l'Opération Phénix. Mais faites attention, Mademoiselle Moreau. Des gens très puissants ne veulent pas que ces informations sortent."

Avant que Léa ne puisse poser la moindre question, l'homme disparut, la laissant seule avec l'enveloppe qui pesait lourd dans sa main.

De retour à la rédaction, Léa ouvrit fébrilement l'enveloppe. Ce qu'elle y découvrit la laissa sans voix. Des photos, des rapports confidentiels, des témoignages... Tout pointait vers une vérité stupéfiante : Élisabeth Marceau n'était pas celle qu'elle prétendait être.

Léa passa les heures suivantes à vérifier chaque information, à recouper les sources, à construire son article. Elle savait qu'elle tenait le scoop du siècle entre ses mains.

Le lendemain matin, son article faisait la une du Révélateur : "Le passé secret d'Élisabeth Marceau : la vérité derrière le masque de la Première Dame".

Alors que Paris s'éveillait et découvrait ces révélations explosives, Léa savait que sa vie ne serait plus jamais la même. Elle venait de déclencher un séisme politique dont les répliques allaient secouer la France entière.

Ce qu'elle ignorait encore, c'est que ce n'était que le début d'une enquête qui allait la mener bien plus loin qu'elle ne l'aurait imaginé, au cœur des secrets les mieux gardés de la République.

Chapitre 2 : La journaliste intrépide

Le soleil se levait à peine sur Paris lorsque Léa Moreau poussa la porte des locaux du journal "Le Révélateur". À 32 ans, cette journaliste d'investigation au regard vif et à la détermination sans faille était déjà considérée comme l'une des meilleures de sa génération. Ses cheveux bruns coupés court et son style vestimentaire décontracté contrastaient avec l'ambiance feutrée de la rédaction.

"Encore là aux aurores, Léa ?" lança Marc Lefort, le rédacteur en chef, en la voyant traverser la salle de rédaction.

"Tu sais bien que les meilleures histoires n'attendent pas, Marc," répondit-elle avec un sourire complice.

Marc secoua la tête, mi-amusé, mi-inquiet. Il connaissait trop bien cette lueur dans les yeux de sa protégée. C'était le signe qu'elle avait flairé quelque chose de gros.

"Dans mon bureau," dit-il simplement. "Tout de suite."

Une fois la porte fermée, Marc s'assit lourdement dans son fauteuil. "Alors, qu'est-ce que tu as trouvé cette fois ?"

Léa prit une profonde inspiration. "Je crois que j'ai mis le doigt sur quelque chose d'énorme, Marc. Quelque chose qui pourrait ébranler les plus hautes sphères de l'État."

Elle sortit de son sac un dossier qu'elle posa sur le bureau. "Élisabeth Marceau, la Première Dame. Je pense qu'elle cache un secret. Un secret qui remonte à bien avant sa rencontre avec le Président."

Marc fronça les sourcils. "Tu t'attaques à la Première Dame ? Tu sais dans quel guêpier tu risques de te fourrer ?"

"Je sais," acquiesça Léa. "Mais c'est pour ça que je suis devenue journaliste. Pour révéler la vérité, peu importe qui elle dérange."

Elle ouvrit le dossier, étalant plusieurs documents et photos. "Regarde ça. J'ai retrouvé des archives d'un lycée de Rouen. Une certaine Claire Dubois, née le même jour qu'Élisabeth Marceau, mais dans une ville différente. La ressemblance est frappante."

Marc examina les documents, son visage trahissant un mélange de fascination et d'inquiétude. "C'est intrigant, je te l'accorde. Mais ça ne prouve rien."

"Pas encore," admit Léa. "Mais c'est un début. Et il y a plus. Regarde ces relevés bancaires, ces dossiers administratifs. C'est comme si

Élisabeth Marceau n'avait pas existé avant ses 30 ans. Comme si quelqu'un avait effacé toute trace de son passé."

Le rédacteur en chef se massa les tempes. Il connaissait trop bien cette sensation, ce mélange d'excitation et de peur qui précédait les grandes enquêtes. "Tu réalises dans quoi tu t'embarques, Léa ? Si tu as raison, si la Première Dame cache vraiment quelque chose, tu vas t'attirer des ennuis. De gros ennuis."

Léa se pencha en avant, les yeux brillants de détermination. "C'est exactement pour ça que je dois continuer, Marc. Si Élisabeth Marceau a vraiment une double identité, si elle a menti au pays entier, le peuple a le droit de savoir."

Marc la regarda longuement, puis hocha la tête. "D'accord. Mais promets-moi d'être prudente. Cette histoire sent le soufre à plein nez."

"Je le serai," promit Léa en se levant. "Et merci, Marc. Je savais que je pouvais compter sur toi."

Alors qu'elle quittait le bureau, Marc ne put s'empêcher de ressentir un pincement au cœur. Il avait vu de nombreux journalistes talentueux se brûler les ailes en s'attaquant à plus gros qu'eux. Mais il savait aussi que Léa n'était pas comme les autres. Sa ténacité, son intelligence et son intégrité faisaient d'elle une force avec laquelle il fallait compter.

De retour à son bureau, Léa se plongea dans ses recherches. Elle passa des heures à éplucher des archives en ligne, à contacter d'anciens camarades de classe de Claire Dubois, à recouper des informations. Chaque nouvelle piste semblait confirmer ses soupçons : Élisabeth Marceau n'était pas celle qu'elle prétendait être.

Vers midi, alors qu'elle s'apprêtait à sortir pour déjeuner, son téléphone vibra. Un message d'un numéro inconnu :

"Vous êtes sur la bonne piste, Mlle Moreau. Mais méfiez-vous. Certains secrets sont dangereux à déterrer. RDV ce soir, 22h, parking souterrain de La Défense. Venez seule."

Léa sentit son cœur s'accélérer. C'était peut-être la source anonyme qui lui avait fourni les premiers documents sur Élisabeth Marceau. Ou peut-être un piège. Elle hésita un instant, puis répondit : "J'y serai."

Le reste de la journée passa dans un brouillard d'anticipation et d'appréhension. Léa continua ses recherches, mais son esprit était fixé sur le rendez-vous à venir. À 21h30, elle quitta discrètement les locaux du journal et prit le métro pour La Défense.

Le parking souterrain était pratiquement désert à cette heure-ci. Léa sentit un frisson parcourir son échine alors qu'elle s'enfonçait dans les niveaux inférieurs. Au niveau -3, elle aperçut une silhouette sombre qui l'attendait près d'un pilier.

"Mademoiselle Moreau," dit une voix masculine. "Je suis heureux que vous ayez décidé de venir."

L'homme sortit de l'ombre. C'était un quinquagénaire aux tempes grisonnantes, vêtu d'un costume sombre. Son visage était marqué par les années, mais ses yeux brillaient d'une intelligence vive.

"Qui êtes-vous ?" demanda Léa, sur ses gardes.

"Mon nom n'a pas d'importance," répondit l'homme. "Ce qui compte, c'est ce que je sais. Et ce que je sais pourrait faire tomber le gouvernement."

Il sortit une enveloppe de sa veste et la tendit à Léa. "Voici des documents sur l'Opération Phénix. Un programme secret des services de renseignement français dans les années 80. Un programme qui a créé Élisabeth Marceau."

Léa prit l'enveloppe d'une main tremblante. "Pourquoi me donner ça ? Pourquoi maintenant ?"

L'homme eut un sourire triste. "Parce que la vérité doit éclater. Et parce que vous êtes peut-être la seule personne assez courageuse pour aller jusqu'au bout."

Avant que Léa ne puisse poser d'autres questions, l'homme disparut dans l'obscurité du parking. Elle resta là, seule, l'enveloppe serrée contre sa poitrine, réalisant que sa vie venait de basculer.

De retour chez elle, Léa passa une grande partie de la nuit à étudier les documents. Ce qu'elle découvrit la laissa sans voix. L'Opération Phénix était bien plus vaste et dangereuse qu'elle ne l'avait imaginé. Et Élisabeth Marceau n'en était qu'une pièce, certes centrale, mais une pièce parmi d'autres dans un échiquier complexe de manipulation politique.

Alors que l'aube se levait sur Paris, Léa Moreau savait qu'elle était à l'aube de l'enquête la plus importante de sa carrière. Une enquête qui pourrait changer le visage de la France, mais qui pourrait aussi lui coûter très cher.

Déterminée, elle se prépara pour une nouvelle journée de combat. La vérité l'attendait, et elle était prête à tout risquer pour la révéler au monde.

Chapitre 3 : Un passé mystérieux

Le soleil se levait à peine sur Paris lorsque Léa Moreau poussa la porte des locaux du "Révélateur". Malgré l'heure matinale, la salle de rédaction bourdonnait déjà d'activité. Des journalistes s'affairaient autour de leurs ordinateurs, le cliquetis frénétique des claviers se mêlant au brouhaha des conversations téléphoniques.

Léa se dirigea vers son bureau, son esprit encore focalisé sur les révélations de la veille concernant Élisabeth Marceau. Elle alluma son ordinateur et commença à passer en revue ses notes, cherchant à mettre de l'ordre dans le flot d'informations qu'elle avait recueillies.

"Léa !" La voix de Marc Lefort, son rédacteur en chef, la tira de sa concentration. "Dans mon bureau. Maintenant."

Elle le suivit, sentant le regard curieux de ses collègues sur elle. Une fois la porte fermée, Marc se laissa tomber dans son fauteuil, l'air préoccupé.

"Alors, qu'as-tu trouvé exactement sur la Première Dame ?" demanda-t-il sans préambule.

Léa prit une profonde inspiration. "C'est... compliqué, Marc. Et potentiellement explosif."

Elle lui exposa ses découvertes : les incohérences dans la biographie officielle d'Élisabeth Marceau, les rumeurs d'une identité cachée, les années manquantes dans son parcours. Marc l'écouta attentivement, son visage se durcissant au fur et à mesure du récit.

"Tu te rends compte dans quoi tu t'embarques, Léa ?" dit-il finalement. "Si ce que tu dis est vrai, ça pourrait ébranler les fondements mêmes de la présidence Marceau."

Léa acquiesça gravement. "Je sais. Mais c'est notre devoir de journaliste de révéler la vérité, non ?"

Marc soupira profondément. "Oui, mais nous devons être prudents. Très prudents. Je veux que chaque information soit vérifiée et revérifiée. Pas question de publier quoi que ce soit sans des preuves solides."

Léa quitta le bureau de Marc avec une détermination renouvelée. Elle passa les jours suivants à creuser plus profondément, contactant d'anciens camarades de classe d'Élisabeth Marceau, fouillant dans de vieilles archives, recoupant chaque information.

Un soir, alors qu'elle travaillait tard au bureau, elle reçut un appel d'un numéro inconnu. Une voix masculine, nerveuse, lui parvint :

"Mademoiselle Moreau ? J'ai des informations sur Élisabeth Marceau. Mais pas au téléphone. Retrouvez-moi demain soir, 22h, au parking souterrain de La Défense."

Avant que Léa ne puisse répondre, la ligne coupa. Elle resta immobile un moment, son cœur battant la chamade. C'était peut-être le genre de source qu'elle attendait depuis des semaines.

Le lendemain soir, malgré les avertissements de Marc sur les risques d'un tel rendez-vous, Léa se rendit au lieu indiqué. Le parking était presque désert à cette heure tardive, les néons clignotants projetant des ombres inquiétantes entre les piliers de béton.

Soudain, une silhouette émergea de l'obscurité. Un homme d'une cinquantaine d'années, l'air nerveux, s'approcha d'elle.

"Mademoiselle Moreau ?" murmura-t-il. "Je m'appelle Antoine Durand. J'ai travaillé au ministère de l'Intérieur dans les années 80. Et j'ai des informations sur l'Opération Phénix."

Léa sentit son pouls s'accélérer. "L'Opération Phénix ?"

Durand acquiesça gravement. "Un programme top secret visant à former des agents d'influence à long terme. Des individus choisis pour leur potentiel, formés pendant des années, puis placés stratégiquement dans la société."

"Et Élisabeth Marceau..." commença Léa, son esprit tournant à toute vitesse.

"Elle était l'une des recrues les plus prometteuses du programme," confirma Durand. "Mais quelque chose a mal tourné. Elle a développé sa propre agenda, échappant au contrôle de ses créateurs."

Léa écoutait, fascinée et horrifiée à la fois. Les implications de ces révélations étaient vertigineuses.

"J'ai des documents," poursuivit Durand en lui tendant une enveloppe. "Des preuves de l'existence de l'Opération Phénix et de l'implication d'Élisabeth Marceau. Mais faites attention, Mademoiselle Moreau. Des gens très puissants ne veulent pas que cette histoire éclate au grand jour."

À peine avait-il prononcé ces mots que des phares de voiture illuminèrent brusquement le parking. Durand pâlit. "Ils m'ont suivi. Partez, vite !"

Léa s'enfuit, serrant l'enveloppe contre elle, le cœur battant à tout rompre. Elle ne s'arrêta de courir qu'une fois dans le métro, à l'abri des regards.

Les jours suivants furent un tourbillon d'enquêtes et de vérifications. Léa passa au crible chaque document fourni par Durand, cherchant à confirmer leur authenticité. Elle creusa plus profondément dans le passé d'Élisabeth Marceau, découvrant des incohérences de plus en plus flagrantes dans son histoire officielle.

Mais plus elle avançait dans son enquête, plus elle sentait qu'elle s'enfonçait dans un labyrinthe de secrets et de mensonges. Des portes se fermaient devant elle, des témoins potentiels disparaissaient mystérieusement, et elle commença à recevoir des appels anonymes l'avertissant d'abandonner ses recherches.

Un soir, alors qu'elle rentrait chez elle, Léa eut la nette impression d'être suivie. Elle accéléra le pas, son cœur battant la chamade. Soudain, une main se posa sur son épaule. Elle se retourna brusquement, prête à crier, mais se retrouva face à face avec Pierre Dumas, le conseiller du Président Marceau.

"Mademoiselle Moreau," dit-il d'une voix basse et urgente. "Nous devons parler. En privé. C'est une question de sécurité nationale."

Léa hésita, méfiante, mais la lueur dans les yeux de Dumas la convainquit de le suivre. Ils s'installèrent dans un café discret, loin des oreilles indiscrètes.

"Vous ne savez pas dans quoi vous vous êtes embarquée," commença Dumas. "L'histoire d'Élisabeth Marceau va bien au-delà d'un simple scandale politique. C'est une affaire qui pourrait mettre en danger la stabilité même de notre République."

Il lui expliqua alors, à mots couverts, l'ampleur réelle de l'Opération Phénix. Comment des décennies de manipulations et de secrets avaient façonné la politique française. Comment Élisabeth Marceau n'était que la partie émergée d'un iceberg bien plus vaste et dangereux.

"Pourquoi me dire tout ça ?" demanda Léa, submergée par ces révélations.

Dumas la regarda longuement avant de répondre. "Parce que la vérité doit éclater. Mais pas n'importe comment. Nous devons être prudents, stratégiques. Une révélation mal gérée pourrait plonger le pays dans le chaos."

Alors que la nuit tombait sur Paris, Léa réalisa que son enquête venait de prendre une dimension qu'elle n'aurait jamais imaginée. Elle n'était plus seulement à la poursuite d'un scoop journalistique, mais au cœur d'une conspiration qui menaçait les fondements mêmes de la démocratie française.

Le passé mystérieux d'Élisabeth Marceau n'était que la pointe de l'iceberg. Et Léa Moreau se trouvait désormais embarquée dans une quête de vérité qui pourrait changer le cours de l'histoire.

Chapitre 4 : Les premières pistes

Le soleil se levait à peine sur Paris lorsque Léa Moreau poussa la porte des locaux du "Révélateur". Malgré l'heure matinale, la salle de rédaction bourdonnait déjà d'activité. Des journalistes s'affairaient autour de leurs ordinateurs, le cliquetis frénétique des claviers se mêlant au brouhaha des conversations téléphoniques.

Léa se dirigea vers son bureau, son esprit encore focalisé sur les révélations de la veille concernant Élisabeth Marceau. Elle alluma son ordinateur et commença à passer en revue ses notes, cherchant à mettre de l'ordre dans le flot d'informations qu'elle avait recueillies.

"Léa !" La voix de Marc Lefort, son rédacteur en chef, la tira de sa concentration. "Dans mon bureau. Maintenant."

Elle le suivit, sentant le regard curieux de ses collègues sur elle. Une fois la porte fermée, Marc se laissa tomber dans son fauteuil, l'air préoccupé.

"Alors, qu'as-tu trouvé exactement sur la Première Dame ?" demanda-t-il sans préambule.

Léa prit une profonde inspiration. "C'est... compliqué, Marc. Et potentiellement explosif."

Elle lui exposa ses découvertes : les incohérences dans la biographie officielle d'Élisabeth Marceau, les rumeurs d'une identité cachée, les années manquantes dans son parcours. Marc l'écouta attentivement, son visage se durcissant au fur et à mesure du récit.

"Tu te rends compte dans quoi tu t'embarques, Léa ?" dit-il finalement. "Si ce que tu dis est vrai, ça pourrait ébranler les fondements mêmes de la présidence Marceau."

Léa acquiesça gravement. "Je sais. Mais c'est notre devoir de journaliste de révéler la vérité, non ?"

Marc soupira profondément. "Oui, mais nous devons être prudents. Très prudents. Je veux que chaque information soit vérifiée et revérifiée. Pas question de publier quoi que ce soit sans des preuves solides."

Léa quitta le bureau de Marc avec une détermination renouvelée. Elle passa les jours suivants à creuser plus profondément, contactant d'anciens camarades de classe d'Élisabeth Marceau, fouillant dans de vieilles archives, recoupant chaque information.

Un soir, alors qu'elle travaillait tard au bureau, elle reçut un appel d'un numéro inconnu. Une voix masculine, nerveuse, lui parvint :

"Mademoiselle Moreau ? J'ai des informations sur Élisabeth Marceau. Mais pas au téléphone. Retrouvez-moi demain soir, 22h, au parking souterrain de La Défense."

Avant que Léa ne puisse répondre, la ligne coupa. Elle resta immobile un moment, son cœur battant la chamade. C'était peut-être le genre de source qu'elle attendait depuis des semaines.

Le lendemain soir, malgré les avertissements de Marc sur les risques d'un tel rendez-vous, Léa se rendit au lieu indiqué. Le parking était presque désert à cette heure tardive, les néons clignotants projetant des ombres inquiétantes entre les piliers de béton.

Soudain, une silhouette émergea de l'obscurité. Un homme d'une cinquantaine d'années, l'air nerveux, s'approcha d'elle.

"Mademoiselle Moreau ?" murmura-t-il. "Je m'appelle Antoine Durand. J'ai travaillé au ministère de l'Intérieur dans les années 80. Et j'ai des informations sur l'Opération Phénix."

Léa sentit son pouls s'accélérer. "L'Opération Phénix ?"

Durand acquiesça gravement. "Un programme top secret visant à former des agents d'influence à long terme. Des individus choisis pour leur potentiel, formés pendant des années, puis placés stratégiquement dans la société."

"Et Élisabeth Marceau..." commença Léa, son esprit tournant à toute vitesse.

"Elle était l'une des recrues les plus prometteuses du programme," confirma Durand. "Mais quelque chose a mal tourné. Elle a développé sa propre agenda, échappant au contrôle de ses créateurs."

Léa écoutait, fascinée et horrifiée à la fois. Les implications de ces révélations étaient vertigineuses.

"J'ai des documents," poursuivit Durand en lui tendant une enveloppe. "Des preuves de l'existence de l'Opération Phénix et de l'implication d'Élisabeth Marceau. Mais faites attention, Mademoiselle Moreau. Des gens très puissants ne veulent pas que cette histoire éclate au grand jour."

À peine avait-il prononcé ces mots que des phares de voiture illuminèrent brusquement le parking. Durand pâlit. "Ils m'ont suivi. Partez, vite !"

Léa s'enfuit, serrant l'enveloppe contre elle, le cœur battant à tout rompre. Elle ne s'arrêta de courir qu'une fois dans le métro, à l'abri des regards.

Les jours suivants furent un tourbillon d'enquêtes et de vérifications. Léa passa au crible chaque document fourni par Durand, cherchant à confirmer leur authenticité. Elle creusa plus profondément dans le passé d'Élisabeth Marceau, découvrant des incohérences de plus en plus flagrantes dans son histoire officielle.

Mais plus elle avançait dans son enquête, plus elle sentait qu'elle s'enfonçait dans un labyrinthe de secrets et de mensonges. Des portes se fermaient devant elle, des témoins potentiels disparaissaient mystérieusement, et elle commença à recevoir des appels anonymes l'avertissant d'abandonner ses recherches.

Un soir, alors qu'elle rentrait chez elle, Léa eut la nette impression d'être suivie. Elle accéléra le pas, son cœur battant la chamade. Soudain, une main se posa sur son épaule. Elle se retourna brusquement, prête à crier, mais se retrouva face à face avec Pierre Dumas, le conseiller du Président Marceau.

"Mademoiselle Moreau," dit-il d'une voix basse et urgente. "Nous devons parler. En privé. C'est une question de sécurité nationale."

Léa hésita, méfiante, mais la lueur dans les yeux de Dumas la convainquit de le suivre. Ils s'installèrent dans un café discret, loin des oreilles indiscrètes.

"Vous ne savez pas dans quoi vous vous êtes embarquée," commença Dumas. "L'histoire d'Élisabeth Marceau va bien au-delà d'un simple scandale politique. C'est une affaire qui pourrait mettre en danger la stabilité même de notre République."

Il lui expliqua alors, à mots couverts, l'ampleur réelle de l'Opération Phénix. Comment des décennies de manipulations et de secrets avaient façonné la politique française. Comment Élisabeth Marceau n'était que la partie émergée d'un iceberg bien plus vaste et dangereux.

"Pourquoi me dire tout ça ?" demanda Léa, submergée par ces révélations.

Dumas la regarda longuement avant de répondre. "Parce que la vérité doit éclater. Mais pas n'importe comment. Nous devons être prudents, stratégiques. Une révélation mal gérée pourrait plonger le pays dans le chaos."

Alors que la nuit tombait sur Paris, Léa réalisa que son enquête venait de prendre une dimension qu'elle n'aurait jamais imaginée. Elle n'était plus seulement à la poursuite d'un scoop journalistique, mais au cœur d'une conspiration qui menaçait les fondements mêmes de la démocratie française.

Le passé mystérieux d'Élisabeth Marceau n'était que la pointe de l'iceberg. Et Léa Moreau se trouvait désormais embarquée dans une quête de vérité qui pourrait changer le cours de l'histoire.

Chapitre 5 : L'ombre de Claire Dubois

Le soleil se levait à peine sur Paris lorsque Léa Moreau poussa la porte des locaux du "Révélateur". Malgré l'heure matinale, la salle de rédaction bourdonnait déjà d'activité. Des journalistes s'affairaient autour de leurs ordinateurs, le cliquetis frénétique des claviers se mêlant au brouhaha des conversations téléphoniques.

Léa se dirigea vers son bureau, son esprit encore focalisé sur les révélations de la veille concernant Élisabeth Marceau. Elle alluma son ordinateur et commença à passer en revue ses notes, cherchant à mettre de l'ordre dans le flot d'informations qu'elle avait recueillies.

"Léa !" La voix de Marc Lefort, son rédacteur en chef, la tira de sa concentration. "Dans mon bureau. Maintenant."

Elle le suivit, sentant le regard curieux de ses collègues sur elle. Une fois la porte fermée, Marc se laissa tomber dans son fauteuil, l'air préoccupé.

"Alors, qu'as-tu trouvé exactement sur la Première Dame ?" demanda-t-il sans préambule.

Léa prit une profonde inspiration. "C'est... compliqué, Marc. Et potentiellement explosif."

Elle lui exposa ses découvertes : les incohérences dans la biographie officielle d'Élisabeth Marceau, les rumeurs d'une identité cachée, les années manquantes dans son parcours. Marc l'écouta attentivement, son visage se durcissant au fur et à mesure du récit.

"Tu te rends compte dans quoi tu t'embarques, Léa ?" dit-il finalement. "Si ce que tu dis est vrai, ça pourrait ébranler les fondements mêmes de la présidence Marceau."

Léa acquiesça gravement. "Je sais. Mais c'est notre devoir de journaliste de révéler la vérité, non ?"

Marc soupira profondément. "Oui, mais nous devons être prudents. Très prudents. Je veux que chaque information soit vérifiée et revérifiée. Pas question de publier quoi que ce soit sans des preuves solides."

Léa quitta le bureau de Marc avec une détermination renouvelée. Elle passa les jours suivants à creuser plus profondément, contactant d'anciens camarades de classe d'Élisabeth Marceau, fouillant dans de vieilles archives, recoupant chaque information.

Un soir, alors qu'elle travaillait tard au bureau, elle reçut un appel d'un numéro inconnu. Une voix masculine, nerveuse, lui parvint :

"Mademoiselle Moreau ? J'ai des informations sur Élisabeth Marceau. Mais pas au téléphone. Retrouvez-moi demain soir, 22h, au parking souterrain de La Défense."

Avant que Léa ne puisse répondre, la ligne coupa. Elle resta immobile un moment, son cœur battant la chamade. C'était peut-être le genre de source qu'elle attendait depuis des semaines.

Le lendemain soir, malgré les avertissements de Marc sur les risques d'un tel rendez-vous, Léa se rendit au lieu indiqué. Le parking était presque désert à cette heure tardive, les néons clignotants projetant des ombres inquiétantes entre les piliers de béton.

Soudain, une silhouette émergea de l'obscurité. Un homme d'une cinquantaine d'années, l'air nerveux, s'approcha d'elle.

"Mademoiselle Moreau ?" murmura-t-il. "Je m'appelle Antoine Durand. J'ai travaillé au ministère de l'Intérieur dans les années 80. Et j'ai des informations sur l'Opération Phénix."

Léa sentit son pouls s'accélérer. "L'Opération Phénix ?"

Durand acquiesça gravement. "Un programme top secret visant à former des agents d'influence à long terme. Des individus choisis pour leur potentiel, formés pendant des années, puis placés stratégiquement dans la société."

"Et Élisabeth Marceau..." commença Léa, son esprit tournant à toute vitesse.

"Elle était l'une des recrues les plus prometteuses du programme," confirma Durand. "Mais quelque chose a mal tourné. Elle a développé sa propre agenda, échappant au contrôle de ses créateurs."

Léa écoutait, fascinée et horrifiée à la fois. Les implications de ces révélations étaient vertigineuses.

"J'ai des documents," poursuivit Durand en lui tendant une enveloppe. "Des preuves de l'existence de l'Opération Phénix et de l'implication d'Élisabeth Marceau. Mais faites attention, Mademoiselle Moreau. Des gens très puissants ne veulent pas que cette histoire éclate au grand jour."

À peine avait-il prononcé ces mots que des phares de voiture illuminèrent brusquement le parking. Durand pâlit. "Ils m'ont suivi. Partez, vite !"

Léa s'enfuit, serrant l'enveloppe contre elle, le cœur battant à tout rompre. Elle ne s'arrêta de courir qu'une fois dans le métro, à l'abri des regards.

Les jours suivants furent un tourbillon d'enquêtes et de vérifications. Léa passa au crible chaque document fourni par Durand, cherchant à confirmer leur authenticité. Elle creusa plus profondément dans le passé d'Élisabeth Marceau, découvrant des incohérences de plus en plus flagrantes dans son histoire officielle.

Mais plus elle avançait dans son enquête, plus elle sentait qu'elle s'enfonçait dans un labyrinthe de secrets et de mensonges. Des portes se fermaient devant elle, des témoins potentiels disparaissaient mystérieusement, et elle commença à recevoir des appels anonymes l'avertissant d'abandonner ses recherches.

Un soir, alors qu'elle rentrait chez elle, Léa eut la nette impression d'être suivie. Elle accéléra le pas, son cœur battant la chamade. Soudain, une main se posa sur son épaule. Elle se retourna brusquement, prête à crier, mais se retrouva face à face avec Pierre Dumas, le conseiller du Président Marceau.

"Mademoiselle Moreau," dit-il d'une voix basse et urgente. "Nous devons parler. En privé. C'est une question de sécurité nationale."

Léa hésita, méfiante, mais la lueur dans les yeux de Dumas la convainquit de le suivre. Ils s'installèrent dans un café discret, loin des oreilles indiscrètes.

"Vous ne savez pas dans quoi vous vous êtes embarquée," commença Dumas. "L'histoire d'Élisabeth Marceau va bien au-delà d'un simple scandale politique. C'est une affaire qui pourrait mettre en danger la stabilité même de notre République."

Il lui expliqua alors, à mots couverts, l'ampleur réelle de l'Opération Phénix. Comment des décennies de manipulations et de secrets avaient façonné la politique française. Comment Élisabeth Marceau n'était que la partie émergée d'un iceberg bien plus vaste et dangereux.

"Pourquoi me dire tout ça ?" demanda Léa, submergée par ces révélations.

Dumas la regarda longuement avant de répondre. "Parce que la vérité doit éclater. Mais pas n'importe comment. Nous devons être prudents, stratégiques. Une révélation mal gérée pourrait plonger le pays dans le chaos."

Alors que la nuit tombait sur Paris, Léa réalisa que son enquête venait de prendre une dimension qu'elle n'aurait jamais imaginée. Elle n'était plus seulement à la poursuite d'un scoop journalistique, mais au cœur d'une conspiration qui menaçait les fondements mêmes de la démocratie française.

Le passé mystérieux d'Élisabeth Marceau n'était que la pointe de l'iceberg. Et Léa Moreau se trouvait désormais embarquée dans une quête de vérité qui pourrait changer le cours de l'histoire.

Chapitre 6 : Une rencontre clandestine

Le ciel de Paris s'assombrissait, annonçant une nuit qui promettait d'être longue et pleine de dangers. Léa Moreau, le cœur battant et tous ses sens en alerte, se faufilait dans les ruelles sombres du 18ème arrondissement. Elle avait reçu un message cryptique plus tôt dans la journée, l'invitant à une rencontre secrète qui pourrait bien changer le cours de son enquête sur Élisabeth Marceau.

La journaliste s'arrêta devant un vieux bâtiment délabré, vérifiant une dernière fois l'adresse griffonnée sur un bout de papier. Elle inspira profondément, essayant de calmer les battements frénétiques de son cœur. Elle savait que ce qu'elle s'apprêtait à faire était dangereux, peut-être même inconsidéré. Mais c'était sa seule chance d'obtenir les réponses qu'elle cherchait désespérément depuis des semaines.

Léa poussa la lourde porte en métal, qui grinça sinistrement. L'intérieur du bâtiment était plongé dans l'obscurité, à peine éclairé par quelques ampoules nues qui pendaient du plafond. Elle monta lentement les escaliers, chaque craquement du bois sous ses pieds lui semblant assourdissant dans le silence oppressant.

Au troisième étage, elle s'arrêta devant une porte anonyme. Trois coups secs, comme convenu dans le message. Quelques secondes s'écoulèrent, qui lui parurent une éternité. Puis la porte s'ouvrit lentement, révélant un homme d'une cinquantaine d'années, les traits tirés et le regard méfiant.

"Entrez vite," murmura-t-il, jetant un coup d'œil nerveux dans le couloir avant de refermer la porte à double tour.

L'appartement était spartiate, presque vide à l'exception d'une table et de deux chaises. L'homme fit signe à Léa de s'asseoir.

"Je m'appelle Marcus," dit-il à voix basse. "J'ai travaillé pour les services secrets français pendant plus de trente ans. Et j'ai des informations sur l'Opération Phénix."

Léa sentit son cœur s'accélérer. Elle sortit son carnet, prête à noter chaque mot.

"L'Opération Phénix," commença Marcus, "était un programme top secret lancé dans les années 80. L'objectif était de créer des agents d'influence à long terme, capables d'infiltrer les plus hautes sphères du pouvoir."

Il marqua une pause, semblant peser ses mots. "Élisabeth Marceau, ou plutôt Claire Dubois comme elle s'appelait à l'époque, était l'une de nos recrues les plus prometteuses."

Léa écoutait, fascinée et horrifiée à la fois. Marcus lui raconta comment de jeunes talents étaient repérés, puis soigneusement formés pendant des années. On leur créait de nouvelles identités, effaçant toute trace de leur passé. Claire Dubois était devenue Élisabeth Auchère, future épouse du Président Marceau.

"Mais quelque chose a mal tourné," poursuivit Marcus, son visage s'assombrissant. "Élisabeth a commencé à développer sa propre agenda. Elle est devenue... incontrôlable."

Soudain, un bruit dans le couloir les fit sursauter. Marcus se leva d'un bond, le visage blême. "Ils nous ont trouvés," murmura-t-il. "Vous devez partir, maintenant !"

Il se précipita vers une étagère, en tira un dossier qu'il fourra dans les mains de Léa. "Toutes les preuves sont là-dedans. Faites-en bon usage."

Léa n'eut pas le temps de répondre. La porte d'entrée vola en éclats, laissant entrer deux hommes en costume sombre. Marcus poussa Léa vers la fenêtre. "Fuyez !"

Sans réfléchir, Léa sauta sur l'escalier de secours. Elle entendit des cris, des bruits de lutte derrière elle. Mais elle ne se retourna pas, dévalant les marches métalliques aussi vite qu'elle le pouvait.

Une fois dans la rue, elle courut à en perdre haleine, serrant le précieux dossier contre sa poitrine. Ce n'est que plusieurs rues plus loin, cachée dans l'ombre d'un porche, qu'elle osa s'arrêter pour reprendre son souffle.

Le cœur battant, les mains tremblantes, elle ouvrit le dossier. Des photos, des rapports, des noms... Tout était là. La preuve irréfutable de l'existence de l'Opération Phénix et de l'implication d'Élisabeth Marceau.

Léa réalisa qu'elle tenait entre ses mains de quoi faire tomber non seulement la Première Dame, mais peut-être même le gouvernement tout entier. Mais à quel prix ? Que lui en coûterait-il de révéler cette vérité ?

Alors qu'elle refermait le dossier, son téléphone vibra. Un message d'un numéro inconnu : "Vous avez ouvert la boîte de Pandore, Mlle Moreau. Êtes-vous prête à en assumer les conséquences ?"

Léa frissonna, réalisant que sa quête de vérité venait de prendre un tournant dangereux. Elle était désormais plongée au cœur d'un complot qui dépassait tout ce qu'elle avait pu imaginer. Et il n'y avait plus de retour en arrière possible.

Chapitre 7 : Le témoignage troublant

Le ciel gris de Paris semblait refléter l'humeur de Léa Moreau alors qu'elle se rendait à son rendez-vous. La pluie fine qui tombait sur la ville créait une atmosphère pesante, comme si même la météo pressentait l'importance de ce qui allait se jouer.

Léa avait reçu un message cryptique la veille au soir : "Si vous voulez connaître la vérité sur Élisabeth Marceau, retrouvez-moi demain à 15h au café Le Procope. Demandez la table du fond. Venez seule." Le message était signé simplement "Un ami de Claire".

Le cœur battant, Léa poussa la porte du célèbre café parisien. L'intérieur chaleureux contrastait avec l'atmosphère morose de l'extérieur. Elle se dirigea vers le fond de la salle, scrutant chaque visage à la recherche d'un indice.

À la dernière table, un homme d'une soixantaine d'années, les cheveux grisonnants et le visage marqué par les années, leva les yeux vers elle. "Mademoiselle Moreau, je présume ?" dit-il d'une voix douce mais ferme.

Léa acquiesça et s'assit en face de lui. "Vous êtes... ?"

"Appelez-moi Jacques," répondit-il. "J'ai connu Claire Dubois... ou devrais-je dire, Élisabeth Marceau, il y a bien longtemps."

Léa sortit son carnet, prête à noter chaque détail. "Que pouvez-vous me dire sur elle ?"

Jacques prit une profonde inspiration, comme s'il rassemblait ses souvenirs et son courage. "J'étais professeur à l'université de Rouen dans les années 80. Claire était l'une de mes étudiantes les plus brillantes. Intelligente, charismatique, ambitieuse... Elle avait tout pour réussir."

Il fit une pause, son regard se perdant dans le vague. "Mais il y avait quelque chose d'autre chez elle. Une sorte d'inquiétude, comme si elle portait un fardeau invisible."

Léa écoutait attentivement, notant chaque mot. "Que s'est-il passé ensuite ?"

"C'était en 1983," poursuivit Jacques. "Claire venait de remporter un concours national d'éloquence. Elle attirait l'attention de beaucoup de monde. Et puis..."

Il s'interrompit, jetant un regard nerveux autour de lui avant de se pencher en avant. "Des hommes sont venus à l'université. Ils se sont présentés comme des recruteurs pour un programme gouvernemental d'excellence. Ils voulaient parler à Claire."

Léa sentit son cœur s'accélérer. "L'Opération Phénix ?"

Jacques hocha lentement la tête. "Je ne connaissais pas ce nom à l'époque. Mais j'ai su immédiatement que quelque chose n'allait pas. Ces hommes... ils n'avaient rien de simples recruteurs. Il y avait quelque chose de menaçant dans leur attitude."

"Qu'est-il arrivé à Claire après ça ?" demanda Léa, son stylo suspendu au-dessus de son carnet.

"Elle a changé," répondit Jacques, une tristesse évidente dans sa voix. "Du jour au lendemain, elle est devenue distante, méfiante. Elle a commencé à manquer des cours, à s'isoler. Et puis, un matin, elle avait disparu. Son appartement était vide, comme si elle n'avait jamais existé."

Léa nota frénétiquement, son esprit tournant à toute vitesse. "Avez-vous essayé de la retrouver ?"

Jacques eut un rire amer. "Bien sûr. J'ai posé des questions, j'ai contacté la police. Mais c'était comme si Claire Dubois s'était évaporée. Personne ne semblait s'en soucier, ou pire, on me disait d'arrêter de chercher."

Il se pencha encore plus près, baissant la voix. "Et puis, il y a eu cet incident. Un soir, alors que je rentrais chez moi, deux hommes m'ont abordé. Ils m'ont dit d'oublier Claire Dubois, que c'était une question de sécurité nationale. J'ai eu peur, Mademoiselle Moreau. J'ai arrêté mes recherches."

Léa sentit un frisson parcourir son échine. "Et quand avez-vous réalisé que Claire était devenue Élisabeth Marceau ?"

Les yeux de Jacques s'illuminèrent d'une lueur de détermination. "C'était en 2017, pendant la campagne présidentielle. Je l'ai vue à la télévision, aux côtés de Julien Marceau. Elle avait changé, bien sûr, mais je l'ai reconnue instantanément. Son sourire, la façon dont elle inclinait légèrement la tête quand elle réfléchissait... C'était elle, j'en étais certain."

Il sortit de sa poche une vieille photo qu'il tendit à Léa. On y voyait une jeune femme souriante, ses yeux brillant d'intelligence et d'ambition. Malgré les années, la ressemblance avec Élisabeth Marceau était frappante.

"J'ai gardé ça toutes ces années," dit Jacques. "C'est la preuve que Claire Dubois a existé, qu'elle n'était pas juste un fantôme de mon imagination."

Léa examina la photo, sentant qu'elle tenait entre ses mains une pièce cruciale du puzzle. "Pourquoi me raconter tout ça maintenant ?"

Jacques la regarda droit dans les yeux. "Parce que j'ai vu vos articles, Mademoiselle Moreau. Je sais que vous cherchez la vérité. Et je pense qu'il est temps que quelqu'un la révèle enfin. Claire... Élisabeth... mérite que son histoire soit connue."

Il hésita un instant avant d'ajouter : "Mais soyez prudente. Les gens derrière tout ça, ceux qui ont transformé Claire en Élisabeth... Ils sont puissants, et ils feront tout pour garder leurs secrets."

Alors que leur rencontre touchait à sa fin, Léa sentait le poids de ces révélations peser sur ses épaules. Elle avait maintenant la confirmation que l'énigme Élisabeth Marceau était bien plus profonde et dangereuse qu'elle ne l'avait imaginé.

En quittant le café, Léa jeta un dernier regard à Jacques. Le vieil homme semblait soulagé, comme s'il s'était enfin libéré d'un lourd fardeau. Mais dans ses yeux, Léa pouvait lire une mise en garde silencieuse.

La pluie s'était intensifiée dehors, mais Léa la remarquait à peine. Son esprit bouillonnait de questions, d'hypothèses, de pistes à explorer. Elle savait qu'elle venait de franchir un point de non-retour dans son enquête.

Alors qu'elle s'enfonçait dans les rues de Paris, serrant contre elle son carnet rempli de notes précieuses, Léa Moreau était plus déterminée que jamais à découvrir la vérité, quelles qu'en soient les conséquences.

Le témoignage de Jacques avait ouvert une nouvelle porte dans le labyrinthe des secrets entourant Élisabeth Marceau. Mais ce qu'elle trouverait derrière cette porte restait encore à découvrir, et Léa savait que le chemin serait semé d'embûches et de dangers.

Chapitre 8 : La maison aux volets bleus

Le soleil se levait à peine sur la petite ville de Saint-Clair-sur-Epte lorsque Léa Moreau descendit du train. L'air frais de la campagne normande contrastait avec l'atmosphère étouffante de Paris qu'elle venait de quitter. La journaliste ajusta son sac sur son épaule, son carnet de notes fermement serré contre elle, et commença à marcher dans les rues paisibles de la bourgade.

Son cœur battait la chamade alors qu'elle approchait de la rue des Tilleuls. L'email anonyme qui l'avait conduite ici résonnait encore dans son esprit : "Les réponses sont là où tout a commencé." Léa espérait que cette mystérieuse maison aux volets bleus lui apporterait enfin les réponses qu'elle cherchait désespérément sur le passé d'Élisabeth Marceau.

Au bout de la rue, elle l'aperçut enfin. Une vieille bâtisse en pierre, ses volets d'un bleu délavé par le temps contrastant avec la façade grise. Le jardin, autrefois probablement bien entretenu, était maintenant envahi par les mauvaises herbes. Un sentiment de mélancolie et d'abandon émanait de l'endroit.

Léa s'approcha prudemment, jetant des regards autour d'elle pour s'assurer qu'elle n'était pas observée. La porte d'entrée était verrouillée, mais en contournant la maison, elle trouva une fenêtre à l'arrière dont le loquet était cassé. Après un moment d'hésitation, elle se glissa à l'intérieur.

L'odeur de renfermé et de poussière la frappa immédiatement. Des draps blancs recouvraient les meubles, donnant à la pièce une allure fantomatique. Léa alluma sa lampe torche et commença son exploration, son cœur battant à tout rompre.

Dans ce qui semblait être une ancienne chambre d'enfant, un détail attira son attention. Sous le lit, une latte du plancher semblait mal fixée. Léa la souleva délicatement, révélant une petite cachette. À l'intérieur, une boîte en métal, couverte de poussière.

Les mains tremblantes, Léa ouvrit la boîte. Elle contenait une collection de photos jaunies par le temps et un petit carnet à la couverture usée. Sur l'une des photos, elle reconnut immédiatement une jeune fille qui ressemblait étrangement à Élisabeth Marceau. Au dos, une inscription : "Claire, 12 ans, Saint-Clair-sur-Epte, 1978".

Léa sentit son cœur s'accélérer. Elle venait de trouver la preuve tangible du lien entre Claire Dubois et Élisabeth Marceau. Fébrilement, elle ouvrit le carnet et commença à le feuilleter.

Les premières pages étaient remplies de l'écriture maladroite d'une adolescente, racontant sa vie quotidienne, ses rêves, ses espoirs. Mais vers la fin, le ton changeait. Claire parlait de rencontres étranges, d'hommes en costume qui venaient la voir à l'école. Elle mentionnait des tests, des évaluations.

Une entrée en particulier glaça le sang de Léa :

"15 juin 1983 - Ils m'ont dit que j'étais spéciale. Que je pouvais faire de grandes choses pour mon pays. Ils parlent d'un programme appelé Phénix. Je ne sais pas si je dois avoir peur ou être excitée. Maman et papa disent que c'est une opportunité unique. Mais pourquoi ai-je l'impression qu'ils ont peur eux aussi ?"

Léa était tellement absorbée par sa lecture qu'elle n'entendit pas immédiatement les pas qui s'approchaient. Ce n'est que lorsqu'une voix résonna dans le couloir qu'elle sursauta, manquant de faire tomber la boîte.

"Il y a quelqu'un ?"

Paniquée, Léa fourra rapidement le carnet et les photos dans son sac. Elle se dirigea vers la fenêtre par laquelle elle était entrée, mais s'arrêta net en entendant la voix se rapprocher.

"Mademoiselle Moreau ? Je sais que vous êtes là."

Léa reconnut avec stupeur la voix de Pierre Dumas, le conseiller du Président Marceau. Comment avait-il su qu'elle serait ici ?

Comprenant qu'elle n'avait nulle part où fuir, Léa décida de faire face. Elle sortit de la chambre et se retrouva nez à nez avec Dumas dans le couloir sombre.

"Comment m'avez-vous trouvée ?" demanda-t-elle, sur la défensive.

Dumas eut un sourire triste. "Vous n'êtes pas la seule à avoir reçu des informations sur cette maison. Je suis ici pour la même raison que vous : découvrir la vérité."

Léa le regarda avec méfiance. "Pourquoi devrais-je vous faire confiance ?"

"Parce que je suis probablement le seul allié qu'il vous reste," répondit Dumas. "Le Président est au bord de la rupture. L'Élysée est sous pression. Et des forces puissantes sont prêtes à tout pour enterrer cette histoire."

Il fit une pause, semblant peser ses mots. "J'ai fait des choses dont je ne suis pas fier, Mademoiselle Moreau. Mais je veux arranger les choses. Je veux que la vérité éclate, quelles qu'en soient les conséquences."

Léa hésita longuement. Pouvait-elle vraiment faire confiance à cet homme ? Mais elle réalisa qu'elle n'avait peut-être pas le choix. Elle avait besoin d'alliés, et Dumas était peut-être sa meilleure chance de percer le mystère de l'Opération Phénix.

"D'accord," dit-elle finalement. "Parlons. Mais pas ici. Cet endroit n'est pas sûr."

Alors qu'ils quittaient la vieille maison aux volets bleus, Léa jeta un dernier regard en arrière. Cette bâtisse, témoin silencieux d'une histoire enfouie, avait peut-être livré ses secrets. Mais elle savait que ce n'était que le début. Le mystère entourant Élisabeth Marceau était bien plus vaste et complexe qu'elle ne l'avait imaginé.

Dans la voiture qui les ramenait vers Paris, Léa et Dumas commencèrent à échanger leurs informations. Le puzzle commençait à prendre forme, mais chaque nouvelle pièce semblait soulever encore plus de questions.

Léa savait qu'elle s'enfonçait de plus en plus profondément dans une affaire qui dépassait l'entendement. Une affaire qui touchait aux plus hauts sommets de l'État et menaçait de faire s'effondrer tout un système. Mais elle était déterminée à aller jusqu'au bout, quelles qu'en soient les conséquences.

La nuit tombait sur la campagne normande alors que la voiture filait vers la capitale. Léa serra contre elle son sac contenant les précieux documents trouvés dans la maison aux volets bleus. Elle ignorait encore l'ampleur de ce qu'elle avait découvert, mais elle sentait que ces fragments du passé de Claire Dubois allaient bientôt faire trembler les fondations mêmes de la République française.

📖 ✦ ✦ ✦ ✦ ✦ ✦ 🌍

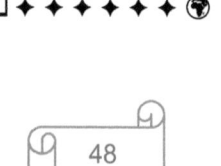

Chapitre 9 : Le journal intime retrouvé

Le cœur battant la chamade, Léa Moreau fixait le petit carnet usé qu'elle tenait entre ses mains tremblantes. Après des semaines d'enquête acharnée, de fausses pistes et de menaces, elle avait enfin mis la main sur le Saint Graal : le journal intime d'Élisabeth Marceau, ou plutôt de Claire Dubois, comme elle s'appelait avant de devenir la Première Dame de France.

Assise dans sa chambre d'hôtel à Blois, Léa hésitait à ouvrir le carnet. Elle savait que son contenu pourrait potentiellement faire tomber le gouvernement et ébranler les fondements mêmes de la République française. Mais elle savait aussi que la vérité devait éclater, quelles qu'en soient les conséquences.

D'une main légèrement tremblante, elle ouvrit le journal à la première page. L'écriture fine et élégante d'Élisabeth Marceau emplissait la page :

"3 septembre 1983. Aujourd'hui, ma vie a basculé. Des hommes sont venus me voir à l'université. Ils m'ont parlé d'un programme secret, l'Opération Phénix. Ils disent que j'ai été choisie, que je peux servir mon pays d'une manière que je n'imagine même pas. Je suis terrifiée et excitée à la fois. Que vais-je devenir ?"

Léa sentit un frisson parcourir son échine. Elle tourna frénétiquement les pages, absorbant chaque mot, chaque détail de la transformation de Claire Dubois en Élisabeth Marceau.

Le journal révélait l'existence d'un programme secret mené par les services de renseignement français, visant à former des agents d'influence destinés à infiltrer les plus hautes sphères du pouvoir. Claire/Élisabeth décrivait des années d'entraînement intensif, d'effacement de son ancienne identité, de création méticuleuse d'un nouveau passé.

"15 mai 1985. Aujourd'hui, j'ai dû 'mourir'. Ils ont mis en scène un accident de voiture. Mes parents... oh, mes pauvres parents. Ils ne sauront jamais la vérité. Claire Dubois n'existe plus. Je suis désormais Élisabeth Auchère."

Au fil des pages, Léa découvrait le plan minutieux derrière l'ascension d'Élisabeth. Son placement stratégique comme enseignante, sa rencontre "fortuite" avec le jeune et prometteur Julien Marceau, son rôle dans sa carrière politique fulgurante.

Mais le journal révélait aussi les doutes, les remords, la culpabilité qui rongeaient Élisabeth :

"10 octobre 2010. Julien a annoncé sa candidature à la présidence. Il est si enthousiaste, si plein d'espoir pour l'avenir de la France. Et moi, je me sens comme une imposteure. Je l'aime, vraiment. Mais notre relation entière est basée sur un mensonge. Comment puis-je continuer à lui cacher la vérité ?"

Léa passa la nuit entière à lire et relire le journal, prenant des notes, photographiant les pages les plus importantes. Elle savait qu'elle tenait entre ses mains une bombe à retardement.

À l'aube, alors qu'elle s'apprêtait enfin à fermer le journal, un bout de papier glissa d'entre les pages. C'était une liste de noms, certains barrés, d'autres entourés. Léa reconnut avec stupeur plusieurs figures importantes de la politique française actuelle.

Soudain, on frappa violemment à la porte de sa chambre. "Police ! Ouvrez immédiatement !"

Le cœur de Léa s'arrêta. Ils l'avaient retrouvée. Dans un geste désespéré, elle arracha les dernières pages du journal et les cacha dans la doublure de sa veste.

Alors que la porte volait en éclats, Léa eut une pensée pour Élisabeth Marceau. Qui était vraiment cette femme ? Une manipulatrice ou une victime d'un système qui l'avait dépassée ?

Léa savait une chose : la vérité devait éclater, quoi qu'il lui en coûte. Et elle ferait tout pour que le sacrifice d'Élisabeth ne soit pas vain.

Chapitre 10 : Des révélations inquiétantes

Le ciel de Paris s'assombrissait, annonçant une nuit qui promettait d'être longue et orageuse. Dans son petit appartement du 11ème arrondissement, Léa Moreau était penchée sur son ordinateur, les yeux rivés sur l'écran qui affichait les photos du carnet trouvé dans la maison aux volets bleus. Son cœur battait la chamade alors qu'elle déchiffrait page après page les secrets longtemps enfouis d'Élisabeth Marceau.

Les mots de la jeune Claire Dubois, tracés d'une écriture hésitante d'adolescente, racontaient une histoire de manipulation et de secrets qui donnait le vertige à Léa. Plus elle avançait dans sa lecture, plus elle réalisait l'ampleur de ce qu'elle avait découvert.

"15 juin 1983 - Ils m'ont dit que j'étais spéciale. Que je pouvais faire de grandes choses pour mon pays. Ils parlent d'un programme appelé Phénix. Je ne sais pas si je dois avoir peur ou être excitée. Maman et papa disent que c'est une opportunité unique. Mais pourquoi ai-je l'impression qu'ils ont peur eux aussi ?"

Léa sentit un frisson parcourir son échine. Cette entrée confirmait non seulement l'existence de l'Opération Phénix, mais aussi l'implication précoce d'Élisabeth Marceau - ou plutôt Claire Dubois - dans ce programme mystérieux.

Soudain, son téléphone vibra, la faisant sursauter. Un message de Pierre Dumas : "Urgent. Rendez-vous dans 30 minutes au Jardin du Luxembourg. Nouvelle information cruciale."

Le cœur battant, Léa rassembla rapidement ses affaires et quitta son appartement. La pluie commençait à tomber doucement sur Paris alors qu'elle se dirigeait vers le métro.

Dans le jardin presque désert, Dumas l'attendait, l'air plus agité que d'habitude. Il jeta des regards nerveux autour de lui avant de parler.

"J'ai découvert quelque chose d'alarmant," commença-t-il à voix basse. "L'Opération Phénix n'était pas qu'un simple programme de recrutement. C'était une tentative de créer des agents d'influence à long terme, destinés à infiltrer les plus hautes sphères du pouvoir."

Léa sentit son sang se glacer. "Vous voulez dire qu'Élisabeth Marceau..."

"Était leur plus grande réussite," compléta Dumas. "Elle a été formée pendant des années pour devenir l'ultime agent d'influence. Son mariage avec Julien, son rôle de Première Dame... tout cela faisait partie d'un plan minutieusement orchestré."

La journaliste resta sans voix pendant un moment, essayant d'assimiler ces informations bouleversantes. "Mais dans quel but ?" finit-elle par demander.

Dumas secoua la tête. "Le contrôle. Imaginez avoir quelqu'un à vos ordres à l'oreille du Président de la République. Les implications sont vertigineuses."

Alors qu'ils discutaient, un éclair illumina le ciel, suivi d'un grondement de tonnerre. La pluie s'intensifia, forçant Léa et Dumas à chercher refuge sous un kiosque à musique.

"Il y a autre chose," poursuivit Dumas, son visage grave éclairé par les éclairs intermittents. "J'ai des raisons de croire que certains au sein de l'État profond pensent qu'Élisabeth est devenue un risque. Qu'elle a développé sa propre agenda, échappant à leur contrôle."

Léa sentit un frisson glacé parcourir son échine. "Que voulez-vous dire ?"

"Je pense que sa vie est en danger," murmura Dumas. "Et pas seulement la sienne. Quiconque menace de révéler la vérité sur l'Opération Phénix est une cible potentielle."

La journaliste réalisa soudain la gravité de sa situation. Elle n'était plus seulement à la poursuite d'un scoop, mais au cœur d'une conspiration mortelle.

"Que devons-nous faire ?" demanda-t-elle, sa voix trahissant son inquiétude.

Dumas la regarda droit dans les yeux. "Continuer à creuser. Mais avec la plus grande prudence. Nous devons rassembler suffisamment de preuves pour exposer toute l'affaire d'un coup. C'est notre seule protection."

Alors qu'ils se séparaient, la pluie battante masquant leurs pas, Léa sentit le poids de sa découverte peser sur ses épaules. Elle tenait peut-être entre ses mains le plus grand scandale politique de l'histoire de la France moderne.

De retour chez elle, trempée et épuisée, Léa reprit sa lecture du journal de Claire. Une entrée en particulier attira son attention :

"3 septembre 1983 - Aujourd'hui, ma vie a basculé. Ils m'ont emmenée dans un endroit secret. Ils disent que je dois oublier qui j'étais. Que Claire Dubois doit mourir pour qu'Élisabeth puisse naître. J'ai peur. Mais ils disent que c'est pour le bien de la France. Que je serai une héroïne, même si personne ne le saura jamais."

Léa sentit les larmes lui monter aux yeux. Derrière le masque de la Première Dame parfaite se cachait une jeune fille effrayée, manipulée par des forces qu'elle ne comprenait pas.

Cette nuit-là, alors que l'orage grondait au-dessus de Paris, Léa Moreau réalisa que son enquête était devenue bien plus qu'une simple quête de vérité journalistique. C'était désormais une course contre la montre pour sauver des vies et peut-être même la démocratie française elle-même.

Le tonnerre résonna au loin, comme un présage des tempêtes à venir. Léa savait qu'elle s'enfonçait dans des eaux dangereuses, mais elle était déterminée à aller jusqu'au bout, quelles qu'en soient les conséquences. La vérité sur Élisabeth Marceau et l'Opération Phénix devait éclater, pour le bien de tous.

Chapitre 11 : L'Opération Phénix dévoilée

Le soleil se levait à peine sur Paris lorsque Léa Moreau arriva aux bureaux du "Révélateur". Les révélations de la veille tourbillonnaient encore dans son esprit, l'empêchant de trouver le sommeil. Elle savait qu'elle était sur le point de dévoiler l'un des plus grands secrets d'État de l'histoire française.

À peine assise à son bureau, elle reçut un message crypté de sa source au sein des services de renseignement. Le cœur battant, elle le déchiffra :

"Dossier complet sur l'Opération Phénix disponible. Rendez-vous à 10h au point convenu. Venez seule."

Léa jeta un coup d'œil nerveux autour d'elle avant de quitter discrètement la rédaction. Elle savait que chaque pas la rapprochait un peu plus de la vérité, mais aussi du danger.

À l'heure dite, dans un parking souterrain désert, elle rencontra sa source, un homme d'une cinquantaine d'années au visage marqué par les années de service.

"Voici tout ce que nous avons sur l'Opération Phénix," murmura-t-il en lui tendant une clé USB. "Soyez prudente, Mademoiselle Moreau. Des vies sont en jeu."

De retour à son appartement, Léa plongea dans les documents. Ce qu'elle découvrit la glaça d'effroi.

L'Opération Phénix, lancée dans les années 80, était bien plus vaste et sinistre qu'elle ne l'avait imaginé. Des dizaines de jeunes talents avaient été recrutés, formés, puis placés stratégiquement dans les sphères du pouvoir. Élisabeth Marceau n'était que la partie émergée de l'iceberg.

Les documents révélaient un réseau complexe d'agents dormants, infiltrés dans les médias, la politique, la finance. Leur mission : façonner subtilement l'opinion publique et les décisions politiques selon les directives d'un groupe occulte au sein de l'État profond.

Mais le plus choquant restait à venir. Léa découvrit que l'Opération Phénix avait échappé à tout contrôle démocratique. Même les plus hauts responsables politiques ignoraient son existence. C'était un État dans l'État, manipulant les ficelles du pouvoir dans l'ombre.

Alors qu'elle compilait ses notes, Léa réalisa l'ampleur de ce qu'elle s'apprêtait à révéler. Ce n'était pas seulement l'histoire d'Élisabeth Marceau, mais celle d'un système entier de manipulation et de contrôle.

Soudain, on frappa violemment à sa porte. "Police ! Ouvrez immédiatement !"

Le cœur battant, Léa cacha rapidement la clé USB et effaça ses fichiers. Elle savait que le temps lui était compté.

Alors que la porte volait en éclats, Léa eut une pensée pour tous ceux qui, comme Élisabeth Marceau, avaient été les pions involontaires de ce jeu dangereux. Elle était déterminée à exposer la vérité, quoi qu'il lui en coûte.

L'Opération Phénix allait enfin être dévoilée au grand jour, et rien ne serait plus jamais comme avant dans les hautes sphères du pouvoir français.

Chapitre 12 : Un réseau dans l'ombre

Le ciel de Paris s'assombrissait, annonçant une nuit qui promettait d'être longue et pleine de dangers. Léa Moreau, le cœur battant et tous ses sens en alerte, se faufilait dans les ruelles sombres du 18ème arrondissement. Elle avait reçu un message cryptique plus tôt dans la journée, l'invitant à une rencontre secrète qui pourrait bien changer le cours de son enquête sur l'Opération Phénix.

La journaliste s'arrêta devant un vieux bâtiment délabré, vérifiant une dernière fois l'adresse griffonnée sur un bout de papier. Elle inspira profondément, essayant de calmer les battements frénétiques de son cœur. Elle savait que ce qu'elle s'apprêtait à faire était dangereux, peut-être même inconsidéré. Mais c'était sa seule chance d'obtenir les réponses qu'elle cherchait désespérément depuis des semaines.

Léa poussa la lourde porte en métal, qui grinça sinistrement. L'intérieur du bâtiment était plongé dans l'obscurité, à peine éclairé par quelques ampoules nues qui pendaient du plafond. Elle monta lentement les escaliers, chaque craquement du bois sous ses pieds lui semblant assourdissant dans le silence oppressant.

Au troisième étage, elle s'arrêta devant une porte anonyme. Trois coups secs, comme convenu dans le message. Quelques secondes s'écoulèrent, qui lui parurent une éternité. Puis la porte s'ouvrit lentement, révélant un homme d'une cinquantaine d'années, les traits tirés et le regard méfiant.

"Entrez vite," murmura-t-il, jetant un coup d'œil nerveux dans le couloir avant de refermer la porte à double tour.

L'appartement était spartiate, presque vide à l'exception d'une table et de deux chaises. L'homme fit signe à Léa de s'asseoir.

"Je m'appelle Marcus," dit-il à voix basse. "J'ai travaillé pour les services secrets français pendant plus de trente ans. Et j'ai des informations sur le réseau derrière l'Opération Phénix."

Léa sentit son cœur s'accélérer. Elle sortit son carnet, prête à noter chaque mot.

"L'Opération Phénix," commença Marcus, "n'était que la partie visible de l'iceberg. Derrière elle se cache un réseau tentaculaire qui infiltre tous les niveaux de l'État et de la société."

Il marqua une pause, semblant peser ses mots. "Ce réseau, nous l'appelons 'La Toile'. Il est composé de hauts fonctionnaires, de politiciens, de chefs d'entreprise, de journalistes... Tous formés et placés stratégiquement pour influencer le cours des événements."

Léa écoutait, fascinée et horrifiée à la fois. Marcus lui raconta comment La Toile avait tissé ses fils pendant des décennies, plaçant ses agents à des postes clés, manipulant l'opinion publique, orientant les décisions politiques majeures.

"Mais le plus inquiétant," poursuivit Marcus, son visage s'assombrissant, "c'est que La Toile a commencé à agir de manière autonome. Elle ne répond plus à aucune autorité, pas même aux services secrets qui l'ont créée. C'est devenu une entité à part entière, avec ses propres objectifs."

Soudain, un bruit dans le couloir les fit sursauter. Marcus se leva d'un bond, le visage blême. "Ils nous ont trouvés," murmura-t-il. "Vous devez partir, maintenant !"

Il se précipita vers une étagère, en tira un dossier qu'il fourra dans les mains de Léa. "Voici la liste des principaux membres de La Toile. Utilisez ces informations avec prudence. Elles peuvent faire tomber des gouvernements, mais elles peuvent aussi vous coûter la vie."

Léa n'eut pas le temps de répondre. La porte d'entrée vola en éclats, laissant entrer deux hommes en costume sombre. Marcus poussa Léa vers la fenêtre. "Fuyez !"

Sans réfléchir, Léa sauta sur l'escalier de secours. Elle entendit des cris, des bruits de lutte derrière elle. Mais elle ne se retourna pas, dévalant les marches métalliques aussi vite qu'elle le pouvait.

Une fois dans la rue, elle courut à en perdre haleine, serrant le précieux dossier contre sa poitrine. Ce n'est que plusieurs rues plus loin, cachée dans l'ombre d'un porche, qu'elle osa s'arrêter pour reprendre son souffle.

Le cœur battant, les mains tremblantes, elle ouvrit le dossier. Des noms, des photos, des organigrammes... Tout était là. La structure complète de La Toile, le réseau secret qui tirait les ficelles dans l'ombre.

Léa réalisa qu'elle tenait entre ses mains de quoi faire tomber non seulement l'Opération Phénix, mais tout un système secret de gouvernance parallèle. Mais à quel prix ? Que lui en coûterait-il de révéler cette vérité ?

Alors qu'elle refermait le dossier, son téléphone vibra. Un message d'un numéro inconnu : "Vous avez ouvert la boîte de Pandore, Mlle Moreau. Êtes-vous prête à en assumer les conséquences ?"

Léa frissonna, réalisant que sa quête de vérité venait de prendre un tournant dangereux. Elle était désormais plongée au cœur d'un complot qui dépassait tout ce qu'elle avait pu imaginer. Et il n'y avait plus de retour en arrière possible.

Dans les jours qui suivirent, Léa travailla sans relâche, recoupant les informations du dossier avec ses propres découvertes. Chaque nouvelle pièce du puzzle révélait l'ampleur vertigineuse de La Toile. Des ministres, des patrons de presse, des juges... La liste semblait sans fin.

Mais plus elle avançait dans son enquête, plus elle sentait l'étau se resserrer autour d'elle. Des regards suspicieux la suivaient dans la rue. Son téléphone émettait parfois des bruits étranges, comme s'il était sur écoute. Et un soir, elle trouva son appartement sens dessus dessous, clairement fouillé par des professionnels.

Léa savait qu'elle jouait avec le feu. Mais elle était déterminée à aller jusqu'au bout. La vérité sur La Toile et l'Opération Phénix devait éclater au grand jour, quelles qu'en soient les conséquences.

Alors qu'elle mettait la touche finale à son article, Léa reçut un dernier message : "Dernière chance d'arrêter. Pensez à votre sécurité."

Mais sa décision était prise. Le lendemain, la Une du "Révélateur" allait faire l'effet d'une bombe. "La Toile : le réseau secret qui gouverne la France dans l'ombre."

Léa Moreau savait que rien ne serait plus jamais comme avant. Ni pour elle, ni pour la France. Mais c'était le prix à payer pour la vérité. Et elle était prête à l'assumer.

Chapitre 13 : La DGSI s'en mêle

Le soleil se levait à peine sur Paris lorsque Jean-Baptiste Rochat, directeur de la Direction Générale de la Sécurité Intérieure (DGSI), pénétra dans son bureau au siège de l'agence. Son visage, habituellement impassible, trahissait une tension inhabituelle. L'affaire Élisabeth Marceau prenait une ampleur qu'il n'avait pas anticipée, et il était temps pour les services secrets d'entrer dans la danse.

Rochat s'assit lourdement dans son fauteuil en cuir noir, allumant son ordinateur sécurisé. Sur son écran s'affichait un dossier intitulé "Opération Phénix - Niveau Alpha". Il hésita un instant avant de l'ouvrir, conscient que ce qu'il s'apprêtait à faire pourrait avoir des conséquences irréversibles sur la stabilité de l'État.

"Monsieur le Directeur," annonça sa secrétaire via l'interphone, "l'équipe Omega est prête pour le briefing."

"Faites-les entrer," répondit Rochat d'une voix grave.

Quelques instants plus tard, cinq agents d'élite de la DGSI entrèrent dans le bureau. Chacun d'eux avait été soigneusement sélectionné pour cette mission ultra-sensible.

"Mesdames, messieurs," commença Rochat, "la situation est critique. L'Opération Phénix, que nous pensions enterrée depuis des décennies, menace de refaire surface. Une journaliste, Léa Moreau, est sur le point de découvrir des informations qui pourraient ébranler les fondements mêmes de notre République."

Il fit une pause, laissant ses mots imprégner l'atmosphère tendue de la pièce.

"Votre mission est simple : neutraliser cette menace. Par tous les moyens nécessaires."

Les agents échangèrent des regards lourds de sens. Ils savaient ce que signifiait "par tous les moyens nécessaires".

Pendant ce temps, à l'autre bout de Paris, Léa Moreau sentait que l'étau se resserrait autour d'elle. Depuis plusieurs jours, elle avait la désagréable impression d'être suivie. Des regards furtifs dans le métro, une voiture noire qui semblait la suivre dans ses déplacements...

Ce matin-là, alors qu'elle quittait son appartement pour se rendre au journal, elle remarqua deux hommes en costume sombre qui l'observaient depuis l'autre côté de la rue. Son instinct de journaliste lui criait que ces hommes n'étaient pas là par hasard.

Au "Révélateur", l'ambiance était électrique. Marc Lefort, le rédacteur en chef, convoqua Léa dans son bureau dès son arrivée.

"Léa, la situation devient incontrôlable," dit-il, le visage grave. "J'ai reçu des appels... des menaces à peine voilées. On nous demande d'enterrer l'affaire Marceau."

Léa sentit la colère monter en elle. "Hors de question, Marc ! Nous sommes sur le point de révéler la plus grande conspiration de l'histoire de la Cinquième République !"

Marc soupira, passant une main fatiguée sur son visage. "Je sais, Léa. Mais nous jouons avec le feu. La DGSI s'en mêle maintenant."

Le sang de Léa se glaça dans ses veines. La DGSI... Elle savait que l'implication des services secrets signifiait que l'affaire prenait une tournure encore plus dangereuse.

Soudain, son téléphone vibra. Un message de Pierre Dumas : "Urgence. Rendez-vous dans 30 minutes au Jardin des Tuileries. Venez seule."

Léa hésita. Pouvait-elle faire confiance à Dumas ? Mais elle savait aussi qu'elle n'avait pas le choix. Il était sa seule source au cœur du pouvoir.

Au Jardin des Tuileries, Dumas attendait, nerveux et agité. "Léa, vous êtes en danger," dit-il sans préambule. "La DGSI a lancé l'opération 'Silence'. Ils veulent vous faire taire, par tous les moyens."

Léa sentit son cœur s'accélérer. "Que savez-vous exactement, Pierre ?"

Dumas jeta des regards inquiets autour de lui avant de poursuivre à voix basse. "Élisabeth n'était pas la seule. L'Opération Phénix a créé tout un réseau d'agents dormants, placés stratégiquement dans les plus hautes sphères du pouvoir. Si la vérité éclate, c'est tout le système qui s'effondre."

Alors que Dumas parlait, Léa remarqua du mouvement à la périphérie de son champ de vision. Deux hommes en costume noir s'approchaient d'eux d'un pas décidé.

"Pierre," murmura-t-elle, "je crois que nous avons de la compagnie."

Dumas pâlit. "Fuyez, Léa ! Je vais les retenir."

Sans hésiter, Léa s'élança dans les allées du jardin. Derrière elle, elle entendit Dumas crier et des bruits de lutte. Son cœur battait à tout rompre alors qu'elle courait, slalomant entre les promeneurs surpris.

Elle réussit à semer ses poursuivants et se réfugia dans une bouche de métro. Alors qu'elle reprenait son souffle, cachée derrière un pilier, elle réalisa que sa vie venait de basculer. Elle était désormais une femme traquée, en possession d'informations qui pouvaient faire tomber le gouvernement.

Dans son bureau à la DGSI, Rochat recevait le rapport de l'opération ratée au Jardin des Tuileries. Son visage se durcit. "Trouvez-moi cette journaliste," ordonna-t-il. "Et assurez-vous qu'elle ne puisse plus jamais écrire une ligne sur l'Opération Phénix."

La nuit tombait sur Paris, plongeant la ville dans une obscurité qui semblait refléter les sombres machinations en cours. Léa Moreau, cachée dans un hôtel miteux sous un faux nom, savait que la véritable bataille ne faisait que commencer. Face à elle se dressait désormais toute la puissance de l'État, déterminée à protéger ses secrets les plus inavouables.

Mais Léa était résolue. Quoi qu'il lui en coûte, elle révélerait la vérité sur l'Opération Phénix et sur le passé trouble d'Élisabeth Marceau. Le sort de la démocratie française était peut-être entre ses mains, et elle ne faillirait pas à sa mission.

Chapitre 14 : Pressions sur la presse

Le soleil se levait à peine sur Paris lorsque Marc Lefort, rédacteur en chef du "Révélateur", pénétra dans les locaux du journal. L'atmosphère était électrique, chargée de tension et d'anticipation. Dans quelques heures, ils s'apprêtaient à publier l'article le plus explosif de leur histoire : les révélations de Léa Moreau sur l'Opération Phénix et le passé secret d'Élisabeth Marceau.

Marc s'enferma dans son bureau, le visage grave. Il savait que cette publication allait déclencher un séisme politique sans précédent. Mais il ne s'attendait pas à ce qui allait suivre.

À 9h précises, son téléphone sonna. La voix à l'autre bout du fil était froide, autoritaire.

"Monsieur Lefort, ici Jean-Baptiste Rochat, directeur de la DGSI. Je vous appelle pour vous mettre en garde. La publication de votre article sur l'Opération Phénix représente une menace grave pour la sécurité nationale. Je vous demande officiellement de renoncer à cette publication."

Marc sentit un frisson parcourir son échine. "Monsieur le Directeur," répondit-il en s'efforçant de garder son calme, "nous sommes une presse libre. Nous avons le devoir d'informer le public."

"Vous avez aussi le devoir de protéger votre pays," rétorqua Rochat. "Réfléchissez bien aux conséquences de vos actes, Monsieur Lefort."

La ligne coupa, laissant Marc dans un silence pesant. Il savait que ce n'était que le début.

Dans l'heure qui suivit, le standard du journal fut submergé d'appels. Des politiciens, des hommes d'affaires, tous exigeaient l'arrêt immédiat de la publication. Certains promettaient des exclusivités en échange, d'autres menaçaient de poursuites judiciaires.

Vers midi, Marc reçut la visite surprise de Pierre Dumas, le conseiller du Président Marceau. L'homme semblait nerveux, épuisé.

"Marc," dit-il à voix basse, "vous ne réalisez pas dans quoi vous vous embarquez. L'Opération Phénix... c'est bien plus vaste que ce que vous imaginez. Des gens très puissants sont prêts à tout pour que ces informations ne sortent pas."

Marc le regarda droit dans les yeux. "Est-ce une menace, Pierre ?"

Dumas secoua la tête. "Un avertissement. D'ami à ami. Faites attention à vous."

L'après-midi fut un tourbillon de réunions de crise. Les avocats du journal étaient sur le qui-vive, anticipant les poursuites judiciaires qui ne manqueraient pas de tomber. L'équipe technique renforçait les défenses du site web, craignant des cyberattaques.

Vers 18h, alors que la tension atteignait son paroxysme, Marc reçut un appel qui le glaça. C'était le propriétaire du groupe de presse.

"Marc, c'est fini," dit-il d'une voix qui ne souffrait aucune contestation. "J'ai reçu des pressions que je ne peux pas ignorer. L'article ne sera pas publié. C'est un ordre."

Marc sentit le sol se dérober sous ses pieds. Toutes ces années de journalisme d'investigation, de lutte pour la vérité... pour en arriver là ?

Il rassembla son équipe, le cœur lourd. Les visages décomposés de ses journalistes reflétaient sa propre détresse.

"On ne peut pas laisser faire ça !" s'exclama l'un d'eux. "C'est de la censure pure et simple !"

Marc les regarda tour à tour. Il vit dans leurs yeux la même détermination qui l'animait. Une idée folle germa dans son esprit.

"Écoutez," dit-il à voix basse, "officiellement, nous obéissons. L'article ne sera pas publié dans le journal."

Il fit une pause, laissant le suspense s'installer.

"Mais officieusement... nous avons encore une carte à jouer."

Il leur exposa son plan. Utiliser leurs contacts dans d'autres médias, français et internationaux. Faire fuiter l'information par petits morceaux, créer un effet boule de neige que même la DGSI ne pourrait pas arrêter.

"C'est risqué," admit-il. "Nous jouons gros. Nos carrières, peut-être même plus. Mais c'est notre devoir de journalistes. Qui est avec moi ?"

Un à un, les membres de l'équipe hochèrent la tête. Ils étaient prêts à se battre pour la vérité.

Cette nuit-là, alors que Paris s'endormait, une armée de l'ombre se mettait en marche. Des journalistes déterminés, armés de leurs claviers et de leur intégrité, s'apprêtaient à défier les plus hautes instances du pouvoir.

Marc Lefort, assis seul dans son bureau plongé dans l'obscurité, contemplait la ville illuminée. Il savait que les jours à venir seraient difficiles, dangereux même. Mais pour la première fois depuis le début de cette affaire, il sentait une lueur d'espoir.

La vérité sur l'Opération Phénix et Élisabeth Marceau finirait par éclater. Et quand ce jour viendrait, le "Révélateur" serait en première ligne, fidèle à sa mission d'informer, quoi qu'il en coûte.

Chapitre 15 : L'Élysée sur la défensive

Le Palais de l'Élysée, habituellement un symbole de pouvoir et de stabilité, semblait désormais être le théâtre d'une guerre silencieuse. Derrière ses murs imposants et ses grilles dorées, une atmosphère de tension et de paranoïa s'était installée, palpable à chaque coin de couloir, dans chaque regard échangé entre les membres du personnel.

Julien Marceau, le jeune et charismatique Président de la République, se tenait debout devant la fenêtre de son bureau, les yeux rivés sur les jardins en contrebas. Son visage, habituellement souriant et confiant, était marqué par l'inquiétude et le manque de sommeil. Les révélations sur le passé mystérieux de sa femme, Élisabeth, avaient ébranlé non seulement sa vie personnelle, mais menaçaient également de faire s'effondrer sa présidence.

"Monsieur le Président," la voix de Pierre Dumas, son fidèle conseiller, brisa le silence pesant. "L'équipe de communication est prête pour le briefing."

Julien se retourna lentement, passant une main fatiguée sur son visage. "Très bien, Pierre. Quelles sont nos options ?"

Dans la salle de réunion, l'ambiance était électrique. Les conseillers en communication, les stratèges politiques et les experts en gestion de crise étaient réunis autour de la grande table ovale, leurs visages tendus reflétant la gravité de la situation.

"Nous devons prendre les devants," commença Sarah Lefèvre, la directrice de la communication. "Le silence ne fait qu'alimenter les spéculations. Je propose une déclaration officielle, ferme mais mesurée."

"Et dire quoi exactement ?" rétorqua Julien, une pointe d'irritation dans la voix. "Que ma femme a peut-être été une espionne ? Que notre mariage est basé sur un mensonge ?"

Un silence gêné s'installa dans la pièce. Pierre Dumas s'éclaircit la gorge avant de prendre la parole. "Monsieur le Président, nous devons trouver un équilibre entre transparence et protection de la sécurité nationale. Peut-être pourrions-nous évoquer un passé complexe, des engagements patriotiques, sans entrer dans les détails."

Julien laissa échapper un rire amer. "Des engagements patriotiques ? C'est comme ça qu'on appelle ça maintenant ?"

La tension dans la pièce était palpable. Chacun savait que la moindre erreur de communication pourrait être fatale pour la présidence Marceau.

Pendant ce temps, dans une autre aile du palais, Élisabeth Marceau menait sa propre bataille. Assise dans son bureau privé, elle était au téléphone avec Jean-Baptiste Rochat, le redoutable directeur de la DGSI.

"Madame," la voix de Rochat était froide et professionnelle, "la situation devient incontrôlable. Nous ne pouvons plus garantir le confinement de l'information."

Élisabeth ferma les yeux, sentant le poids de son passé peser sur ses épaules. "Que proposez-vous, Jean-Baptiste ?"

"Une opération de nettoyage," répondit-il sans hésitation. "Nous devons éliminer toutes les preuves, tous les témoins potentiels. C'est le seul moyen de protéger non seulement vous, mais aussi la stabilité de l'État."

Un frisson parcourut l'échine d'Élisabeth. Elle savait ce que signifiait "éliminer" dans le langage de Rochat. "Et si je refuse ?"

Le silence qui suivit était lourd de menaces. "Alors, Madame, je crains que nous ne puissions plus assurer votre protection. Ni celle du Président."

Élisabeth raccrocha, le cœur lourd. Elle se leva et s'approcha de la fenêtre, observant les jardins de l'Élysée. Ces jardins qu'elle avait tant aimés semblaient maintenant se transformer en une prison dorée.

Dans les couloirs du palais, les rumeurs allaient bon train. Le personnel, habituellement discret et professionnel, ne pouvait s'empêcher de chuchoter, de spéculer. Qui était vraiment Élisabeth Marceau ? Était-elle une menace pour la sécurité nationale ?

À l'extérieur, les médias faisaient le siège de l'Élysée. Des hordes de journalistes campaient devant les grilles, espérant capter la moindre information, le moindre mouvement suspect. Les chaînes d'information en continu diffusaient des analyses, des débats, alimentant la frénésie médiatique autour de l'affaire.

Le soir venu, Julien et Élisabeth se retrouvèrent dans leurs appartements privés. Le couple présidentiel, d'ordinaire si uni, semblait désormais séparé par un mur invisible de secrets et de non-dits.

"Élisabeth," commença Julien, sa voix trahissant son épuisement, "nous ne pouvons pas continuer ainsi. Le pays a besoin de réponses. J'ai besoin de réponses."

Élisabeth le regarda longuement, son visage un masque de calme apparent. "Julien, il y a des choses que je ne peux pas te dire. Pas encore. Pas ici."

"Mais pourquoi ?" explosa Julien. "Je suis ton mari, bon sang ! Je suis le Président de la République ! Qu'est-ce qui peut être si terrible que tu ne puisses pas me le dire ?"

Élisabeth s'approcha de lui, posant une main sur sa joue. "Crois-moi quand je te dis que c'est pour te protéger. Pour nous protéger tous."

Alors que la nuit tombait sur Paris, l'Élysée ressemblait à une forteresse assiégée. À l'intérieur, les stratégies se dessinaient, les alliances se formaient et se brisaient. L'administration Marceau était sur la défensive, luttant non seulement contre les attaques extérieures, mais aussi contre les démons intérieurs qui menaçaient de tout détruire.

Dans l'ombre, des forces obscures s'agitaient. Des dossiers étaient détruits, des témoins potentiels étaient réduits au silence. L'Opération Phénix, ce fantôme du passé, projetait son ombre menaçante sur le présent, mettant en péril non seulement la présidence Marceau, mais peut-être même les fondements de la République française.

L'Élysée était sur la défensive, mais la véritable bataille ne faisait que commencer. Et nul ne pouvait prédire qui en sortirait vainqueur.

Chapitre 16 : Un conseiller sous influence

Pierre Dumas, le conseiller le plus proche du Président Julien Marceau, se tenait devant la fenêtre de son bureau à l'Élysée, le regard perdu dans les jardins en contrebas. L'atmosphère au palais présidentiel était devenue irrespirable depuis que l'affaire Élisabeth Marceau avait éclaté. Chaque jour apportait son lot de révélations troublantes et de rumeurs plus inquiétantes les unes que les autres.

Pierre passa une main fatiguée sur son visage. À 48 ans, cet homme d'habitude si maître de lui-même se sentait dépassé par les événements. Il repensait à la conversation qu'il avait eue la veille avec Jean-Baptiste Rochat, le redoutable directeur de la DGSI. Les mots du chef des services secrets résonnaient encore dans son esprit :

"Nous avons besoin de votre coopération, Dumas. Vous êtes l'homme le plus proche du Président. Vous avez accès à des informations cruciales."

Pierre avait senti son cœur s'accélérer. "Que voulez-vous exactement ?" avait-il demandé, la gorge serrée.

Le sourire froid de Rochat l'avait glacé. "Nous voulons que vous nous teniez informés de chaque mouvement du Président et de la Première Dame. Chaque conversation, chaque décision. Et surtout, nous voulons que vous influenciez Marceau pour qu'il étouffe cette affaire."

Pierre se retourna brusquement, comme si le souvenir même de cette conversation le brûlait. Il savait qu'il jouait un jeu dangereux. D'un côté, sa loyauté envers Julien Marceau, l'homme qu'il servait fidèlement depuis des années. De l'autre, les pressions de plus en plus fortes des services secrets, qui semblaient prêts à tout pour protéger les secrets liés à l'Opération Phénix.

Un coup frappé à la porte le tira de ses pensées. C'était Marie, sa secrétaire.

"Monsieur Dumas, le Président souhaite vous voir immédiatement dans son bureau."

Pierre acquiesça, tentant de masquer son appréhension. Il suivit Marie dans les couloirs feutrés de l'Élysée, chaque pas semblant le rapprocher d'un précipice invisible.

Julien Marceau l'attendait, debout devant son bureau. Le Président semblait avoir vieilli de dix ans en quelques semaines. Ses traits étaient tirés, ses yeux cernés trahissaient des nuits sans sommeil.

"Pierre," commença Julien sans préambule, "j'ai besoin de savoir. Avez-vous découvert quelque chose de nouveau sur l'Opération Phénix ?"

Pierre sentit son cœur se serrer. Il savait des choses, bien sûr. Des bribes d'information glanées ici et là, des rumeurs entendues dans les couloirs du pouvoir. Et surtout, ce que Rochat lui avait révélé. Mais pouvait-il vraiment tout dire à Julien ?

"Monsieur le Président," répondit-il prudemment, "les informations sont encore fragmentaires. Nous savons que l'Opération Phénix était un programme secret mené par les services de renseignement dans les années 80 et 90. Il semblerait qu'Élisabeth... qu'elle ait été impliquée d'une manière ou d'une autre."

Julien le fixa intensément. "D'une manière ou d'une autre ? Pierre, j'ai besoin de plus que ça. Ma présidence est en jeu. Mon mariage est en jeu !"

Pierre hésita. Il pouvait sentir le poids du regard de Julien, l'attente désespérée d'un homme qui cherchait des réponses. Mais il entendait aussi la voix menaçante de Rochat dans sa tête.

"Monsieur," reprit-il lentement, "je pense que nous devrions être prudents. Précipiter les choses pourrait avoir des conséquences désastreuses. Peut-être devrions-nous attendre d'avoir plus d'informations avant de..."

"Attendre ?" coupa Julien, la voix tremblante de colère. "Pendant que les médias s'acharnent ? Pendant que ma femme me ment ? Pendant que tout s'effondre autour de nous ?"

Pierre baissa les yeux, incapable de soutenir le regard accusateur du Président. Il se sentait déchiré entre son devoir envers Julien et les menaces à peine voilées de Rochat.

"Je comprends votre frustration, Monsieur le Président," dit-il doucement. "Mais je vous en prie, faites-moi confiance. Nous devons gérer cette crise avec prudence et stratégie."

Julien le fixa un long moment, puis soupira profondément. "Très bien, Pierre. Je vous fais confiance. Mais je vous préviens, ma patience a des limites."

Alors qu'il quittait le bureau présidentiel, Pierre sentit le poids de sa trahison peser sur ses épaules. Il savait qu'il marchait sur une ligne de crête, risquant à chaque instant de basculer d'un côté ou de l'autre.

Dans les jours qui suivirent, Pierre Dumas vécut un véritable enfer intérieur. Chaque conversation avec Julien était teintée de culpabilité. Chaque rapport à Rochat lui donnait l'impression de trahir un peu plus l'homme qu'il avait juré de servir.

Un soir, alors qu'il travaillait tard à l'Élysée, il reçut un appel de Rochat.

"Dumas," dit la voix froide du directeur de la DGSI, "nous avons besoin que vous fassiez quelque chose pour nous. Il existe un journal intime d'Élisabeth Marceau, datant de l'époque de l'Opération Phénix. Nous pensons qu'il est caché quelque part au château de Chambord. Nous voulons que vous trouviez un moyen d'y envoyer cette journaliste, Léa Moreau."

Pierre sentit son sang se glacer. "Pourquoi elle ?"

"Parce qu'elle est déjà trop impliquée. Si elle trouve ce journal, nous pourrons l'intercepter et étouffer l'affaire une bonne fois pour toutes."

Après avoir raccroché, Pierre resta longtemps immobile, fixant le téléphone comme s'il s'agissait d'une bombe sur le point d'exploser. Il réalisait qu'il était devenu un pion dans un jeu d'échecs mortel, manipulé par des forces qui le dépassaient.

Cette nuit-là, alors qu'il rentrait chez lui, Pierre Dumas prit une décision. Il ne pouvait plus continuer ainsi. Il devait faire un choix : rester loyal envers Julien Marceau et risquer de s'attirer les foudres des services secrets, ou continuer à jouer le jeu de Rochat et trahir tout ce en quoi il croyait.

Alors qu'il s'apprêtait à franchir le seuil de sa maison, son téléphone vibra. Un message de Léa Moreau : "J'ai de nouvelles informations sur l'Opération Phénix. Urgent de se voir."

Pierre fixa longuement l'écran, conscient que sa réponse pourrait changer le cours des événements. Avec des mains tremblantes, il commença à taper sa réponse, sachant que quoi qu'il décide, rien ne serait plus jamais comme avant.

Chapitre 17 : La confrontation présidentielle

Le ciel de Paris s'assombrissait, annonçant une nuit qui promettait d'être longue et orageuse. Dans le bureau ovale de l'Élysée, le Président Julien Marceau faisait les cent pas, son visage habituellement serein marqué par l'inquiétude et la colère. Les révélations sur le passé mystérieux de sa femme Élisabeth l'avaient profondément ébranlé, remettant en question non seulement leur relation, mais aussi l'intégrité même de sa présidence.

Après des jours de silence tendu et de regards fuyants, Julien avait décidé qu'il était temps d'avoir une confrontation directe avec Élisabeth. Il ne pouvait plus supporter les non-dits et les secrets qui menaçaient de faire s'effondrer tout ce qu'ils avaient construit ensemble.

La porte s'ouvrit doucement et Élisabeth entra, vêtue d'un tailleur bleu marine qui soulignait sa silhouette élégante. Malgré la tension palpable, elle conservait cette aura de calme et de maîtrise qui avait fait d'elle une Première Dame si populaire.

"Tu voulais me voir, Julien ?" demanda-t-elle d'une voix douce mais ferme.

Julien se tourna vers elle, ses yeux brillant d'une intensité qu'Élisabeth ne lui avait jamais vue auparavant. "Il est temps que nous parlions, Élisabeth. Je veux la vérité. Toute la vérité."

Élisabeth soutint son regard, mais Julien put déceler une lueur d'inquiétude dans ses yeux. "De quoi parles-tu exactement ?"

"Ne joue pas à ça avec moi !" s'exclama Julien, frappant du poing sur son bureau. "L'Opération Phénix, ton passé sous le nom de Claire Dubois, les années manquantes dans ta biographie... Je veux savoir qui tu es réellement, Élisabeth. Ou devrais-je dire Claire ?"

Un silence pesant s'installa dans la pièce. Élisabeth s'approcha lentement de la fenêtre, son regard se perdant dans les jardins de l'Élysée plongés dans l'obscurité. Quand elle se retourna vers Julien, son visage était un masque de tristesse et de résignation.

"Tu as raison, Julien. Il y a des choses sur mon passé que je ne t'ai jamais dites. Des choses que j'espérais ne jamais avoir à révéler."

Julien sentit son cœur se serrer. Malgré sa colère, une part de lui espérait encore que tout cela n'était qu'un terrible malentendu. "Raconte-moi, Élisabeth. Je dois savoir."

Élisabeth prit une profonde inspiration. "J'étais jeune, brillante, pleine d'ambitions. On m'a approchée pour participer à un programme secret, l'Opération Phénix. On m'a dit que je pourrais servir mon pays d'une manière unique, que je pourrais influencer le cours de l'histoire."

Julien l'écoutait, incrédule. "Tu veux dire que tu as été... recrutée ? Par qui ?"

"Par des gens puissants, Julien. Des gens au sommet de l'État, qui voyaient en moi un potentiel pour façonner l'avenir de la France."

Le Président sentit le sol se dérober sous ses pieds. "Et notre rencontre ? Notre mariage ? Tout ça faisait partie du plan ?"

Élisabeth s'approcha de lui, les larmes aux yeux. "Non, Julien. Notre amour est réel. C'est la seule chose dans toute cette histoire qui n'a jamais été planifiée ou calculée."

Mais Julien recula, incapable d'accepter ce qu'il entendait. "Comment puis-je te croire ? Comment puis-je savoir que ce n'est pas encore un mensonge ?"

La douleur dans les yeux d'Élisabeth était palpable. "Parce que malgré tout ce qu'on m'a appris, malgré tous les rôles qu'on m'a demandé de jouer, je suis tombée amoureuse de toi. Réellement, profondément."

Julien se laissa tomber dans son fauteuil, submergé par les émotions. "Pourquoi ne m'as-tu jamais rien dit ?"

"Pour te protéger," répondit Élisabeth. "Pour nous protéger. Il y a des gens, Julien, des gens très puissants qui ne veulent pas que cette histoire éclate au grand jour."

Le Président se leva brusquement. "Je suis le Président de la République, bon sang ! Je devrais être au courant de ce genre d'opérations !"

Élisabeth secoua tristement la tête. "L'Opération Phénix va bien au-delà de la présidence, Julien. Elle touche aux fondements mêmes de notre démocratie."

Un silence lourd s'installa entre eux. Julien réalisait peu à peu l'ampleur de ce qu'Élisabeth lui révélait. Ce n'était pas seulement leur couple qui était en jeu, mais l'intégrité même des institutions françaises.

"Que faisons-nous maintenant ?" demanda-t-il finalement, sa voix trahissant son épuisement et son désarroi.

Élisabeth s'approcha de lui, posant doucement sa main sur son bras. "Nous devons être prudents, Julien. Très prudents. Les gens derrière l'Opération Phénix ne reculeront devant rien pour garder leurs secrets."

Julien la regarda, cherchant dans ses yeux la femme qu'il avait aimée pendant toutes ces années. Malgré la trahison qu'il ressentait, il ne pouvait nier la connexion profonde qui les unissait.

"Je ne sais plus si je peux te faire confiance, Élisabeth," dit-il doucement. "Mais je sais une chose : nous sommes dans cette situation ensemble. Et nous devons trouver un moyen d'en sortir, pour notre bien et pour celui de la France."

Élisabeth acquiesça, les larmes coulant librement sur ses joues. "Je suis désolée, Julien. Tellement désolée pour tout."

Alors que la nuit s'installait sur Paris, le couple présidentiel restait dans le bureau ovale, conscient que leur confrontation n'était que le début d'une tempête qui menaçait de tout emporter sur son passage. Les secrets longtemps enfouis d'Élisabeth Marceau étaient désormais en pleine lumière, et les conséquences de ces révélations allaient bien au-delà des murs de l'Élysée.

Dehors, l'orage grondait, comme un présage des turbulences à venir. Julien et Élisabeth Marceau se tenaient côte à côte, regardant par la fenêtre, unis dans l'adversité malgré les mensonges et les secrets. Ils savaient que les jours à venir seraient cruciaux, non seulement pour leur couple, mais pour l'avenir même de la nation qu'ils avaient juré de servir.

Chapitre 18 : Des documents classifiés

Le cœur battant la chamade, Léa Moreau pénétra dans les archives nationales, son badge de presse fraîchement obtenu autour du cou. Après des semaines d'enquête acharnée sur le passé mystérieux d'Élisabeth Marceau, elle avait enfin réussi à obtenir l'autorisation d'accéder à certains documents classifiés datant des années 80.

L'archiviste, un homme d'une cinquantaine d'années au regard suspicieux, la conduisit dans une salle sécurisée au sous-sol du bâtiment. "Vous avez deux heures," lui dit-il sèchement. "Pas une minute de plus. Et n'oubliez pas, aucun appareil électronique n'est autorisé ici."

Léa acquiesça, serrant son carnet et son stylo contre elle. Dès que la porte se referma, elle se mit au travail, parcourant frénétiquement les dossiers mis à sa disposition. La plupart semblaient anodins - rapports administratifs, notes de service - mais Léa savait que le diable se cachait dans les détails.

Après une heure de recherches infructueuses, son regard fut attiré par un dossier portant la mention "Opération Phénix - Niveau Alpha". Ses mains tremblaient légèrement lorsqu'elle l'ouvrit.

Les premières pages confirmaient ce qu'elle soupçonnait déjà : l'Opération Phénix était un programme secret visant à former des agents d'influence à long terme. Mais ce qui suivait dépassait ses pires craintes.

Une liste de noms attira son attention. Parmi eux, en caractères gras : "Claire Dubois (Sujet Alpha)". En face, une note manuscrite : "Potentiel exceptionnel. Candidate idéale pour infiltration haute sphère politique."

Léa sentit son cœur s'accélérer. Elle venait de trouver la preuve irréfutable du lien entre Claire Dubois, l'ancienne identité présumée d'Élisabeth Marceau, et l'Opération Phénix.

Mais ce n'était que la partie émergée de l'iceberg. Les pages suivantes détaillaient le processus de "transformation" des sujets : effacement de leur ancienne identité, création d'un nouveau passé, formation intensive en manipulation psychologique et influence sociale.

Un paragraphe en particulier glaça le sang de Léa :
"Le Sujet Alpha a démontré une aptitude remarquable à l'assimilation de sa nouvelle identité. Ses progrès en techniques d'influence sont exceptionnels. Prévision : placement optimal dans l'entourage d'une figure politique montante d'ici 5 à 10 ans."

Léa nota frénétiquement chaque détail, sachant qu'elle ne pourrait pas emporter ces documents avec elle. Son esprit tournait à plein régime, essayant de comprendre l'ampleur de ce qu'elle découvrait.

Soudain, elle entendit des pas dans le couloir. Paniquée, elle referma rapidement le dossier et le remit à sa place, juste au moment où la porte s'ouvrait.

"Le temps est écoulé, Mademoiselle Moreau," annonça l'archiviste.

Léa rassembla ses affaires, tentant de masquer son agitation. Alors qu'elle quittait la salle, elle croisa le regard d'un homme en costume sombre qui l'observait intensément. Elle eut la désagréable impression qu'il savait exactement ce qu'elle venait de découvrir.

De retour dans la rue, Léa marchait d'un pas rapide, jetant des regards nerveux par-dessus son épaule. Les révélations contenues dans ces documents classifiés étaient explosives. Elles confirmaient non seulement l'existence de l'Opération Phénix, mais suggéraient aussi qu'Élisabeth Marceau - ou plutôt Claire Dubois - avait été spécifiquement formée pour influencer le plus haut niveau de l'État français.

Alors qu'elle tournait au coin d'une rue, Léa sentit une main se poser sur son épaule. Elle se retourna brusquement, prête à crier, mais se retrouva face à face avec Pierre Dumas, le conseiller du Président Marceau.

"Mademoiselle Moreau," dit-il à voix basse, "nous devons parler. En privé. C'est une question de sécurité nationale."

Léa hésita, méfiante, mais la lueur dans les yeux de Dumas la convainquit de le suivre. Ils s'installèrent dans un café discret, loin des oreilles indiscrètes.

"Vous ne savez pas dans quoi vous vous êtes embarquée," commença Dumas. "L'Opération Phénix va bien au-delà d'Élisabeth Marceau. C'est un réseau d'agents dormants infiltrés dans toutes les sphères du pouvoir depuis des décennies."

Léa sentit un frisson glacé parcourir son échine. "Que voulez-vous dire ?"

"Je veux dire que révéler cette histoire pourrait faire s'effondrer non seulement la présidence Marceau, mais l'ensemble du système politique français."

Alors que Dumas continuait à parler, dévoilant des détails encore plus troublants sur l'étendue de l'Opération Phénix, Léa réalisa qu'elle se trouvait au cœur d'un complot bien plus vaste et dangereux qu'elle ne l'avait imaginé.

La nuit tombait sur Paris, mais pour Léa Moreau, le monde n'avait jamais semblé aussi sombre et menaçant. Elle savait désormais que sa quête de vérité allait bien au-delà d'un simple scandale politique. C'était l'avenir même de la démocratie française qui était en jeu.

Chapitre 19 : Le château de Chambord

Le soleil se levait à peine sur la Sologne lorsque Léa Moreau arriva aux abords du majestueux château de Chambord. La brume matinale enveloppait encore les tours et les cheminées, donnant au monument une allure presque irréelle. La journaliste sentit un frisson d'excitation parcourir son échine. Elle était sur le point de franchir une nouvelle étape cruciale dans son enquête sur Élisabeth Marceau.

Grâce aux informations fournies par Pierre Dumas, Léa savait que la Première Dame avait effectué plusieurs séjours à Chambord au début des années 2000, juste avant sa rencontre avec Julien Marceau. Ces visites, officiellement présentées comme des retraites d'écriture, pouvaient en réalité cacher des sessions de formation ou de débriefing liées à l'Opération Phénix.

Léa traversa les jardins à la française, son regard balayant l'imposante façade du château. Avec ses 426 pièces et 80 escaliers, Chambord semblait être le lieu idéal pour dissimuler des secrets. Mais par où commencer ?

À l'entrée, elle présenta son badge de presse et obtint l'autorisation de visiter les lieux. Tout en suivant le flot des touristes, Léa observait attentivement chaque recoin, chaque pierre, à la recherche du moindre indice.

Après des heures d'exploration infructueuse, la fatigue commençait à se faire sentir. C'est alors qu'elle remarqua une vieille gardienne qui l'observait avec curiosité.

"Vous cherchez quelque chose en particulier, mademoiselle ?" demanda la femme d'une voix chevrotante.

Léa hésita un instant, puis décida de tenter sa chance. "Je m'intéresse aux séjours d'Élisabeth Marceau ici, il y a une vingtaine d'années."

Les yeux de la vieille femme s'illuminèrent. "Ah, Madame Élisabeth ! Je m'en souviens bien. Une femme charmante, mais... mystérieuse. Elle passait beaucoup de temps dans la tour de l'Est. Une partie du château rarement visitée à l'époque."

Le cœur de Léa s'emballa. "Pouvez-vous me montrer cette tour ?"

La gardienne hésita, puis hocha la tête. "Suivez-moi, mais discrètement."

Elles montèrent un escalier en colimaçon étroit et sombre, leurs pas résonnant dans le silence. Arrivées au sommet, elles pénétrèrent dans une petite pièce circulaire. La poussière et les toiles d'araignée témoignaient du peu de visiteurs.

"C'est ici qu'elle venait écrire," murmura la vieille femme. "Je l'ai surprise une fois, penchée sur un petit carnet relié en cuir rouge."

Léa examina minutieusement la pièce, son cœur battant la chamade. Soudain, son regard fut attiré par une pierre légèrement en saillie dans le mur. Poussée par une intuition, elle appuya dessus.

Un déclic se fit entendre, et une petite cavité s'ouvrit dans le mur. À l'intérieur, enveloppé dans un tissu de velours, se trouvait un carnet rouge usé par le temps.

Les mains tremblantes, Léa l'ouvrit. Sur la première page, une écriture fine et élégante : "Journal d'Élisabeth Marceau, née Claire Dubois. La vérité sur l'Opération Phénix."

Léa sentit une vague d'adrénaline la submerger. Elle tenait entre ses mains la clé de toute l'affaire, le témoignage direct d'Élisabeth Marceau sur les années les plus obscures de sa vie.

Mais alors qu'elle s'apprêtait à le lire, des bruits de pas résonnèrent dans l'escalier. Des voix d'hommes, autoritaires, se rapprochaient.

"Ils sont là pour le journal," murmura la vieille gardienne, soudain effrayée. "Vous devez partir, vite !"

Léa n'eut que le temps de glisser le précieux carnet dans son sac avant que la porte ne s'ouvre violemment. Deux hommes en costume sombre firent irruption dans la pièce.

"Mademoiselle Moreau," dit l'un d'eux d'une voix glaciale. "Nous allons devoir vous demander de nous suivre."

Léa sentit le poids du carnet dans son sac, consciente qu'elle détenait désormais des informations qui pouvaient changer le cours de l'histoire. Mais alors qu'elle était escortée hors du château, une question lancinante occupait son esprit : aurait-elle la chance de révéler au monde le contenu de ce journal ? Ou les secrets d'Élisabeth Marceau allaient-ils disparaître avec elle dans les méandres du pouvoir ?

Le soleil se couchait sur Chambord, baignant le château d'une lueur orangée. Pour Léa Moreau, c'était peut-être le crépuscule de sa quête de vérité, ou l'aube d'une révélation qui allait ébranler la République jusqu'à ses fondations.

Chapitre 20 : La cache secrète

Le cœur battant la chamade, Léa Moreau était escortée hors du château de Chambord par les deux hommes en costume sombre. Le précieux journal d'Élisabeth Marceau pesait lourd dans son sac, comme un secret brûlant prêt à exploser à tout moment. Alors qu'ils traversaient les jardins baignés par la lueur orangée du crépuscule, Léa réfléchissait frénétiquement à un moyen d'échapper à ses gardes.

Soudain, une idée lui vint. Feignant de trébucher, elle laissa tomber son sac. Le contenu se répandit sur le sol pavé, y compris plusieurs carnets et dossiers qu'elle avait apportés pour sa recherche. Dans la confusion qui s'ensuivit, Léa réussit à glisser discrètement le véritable journal dans la doublure de sa veste.

"Je suis désolée," dit-elle d'un ton faussement contrit tout en ramassant ses affaires. "Je suis tellement maladroite."

Les hommes, visiblement agacés, l'aidèrent à tout remettre dans son sac, ne se doutant pas que le document qu'ils cherchaient était maintenant caché sur elle.

Une fois dans la voiture qui les ramenait vers Paris, Léa sentait le poids du journal contre sa poitrine. Elle savait qu'elle jouait un jeu dangereux, mais c'était sa seule chance de protéger ces informations cruciales.

Arrivée à Paris, Léa fut conduite dans un bâtiment anonyme. On la fit attendre dans une petite pièce austère pendant ce qui lui sembla des heures. Finalement, un homme entra. Il se présenta comme étant de la DGSI.

"Mademoiselle Moreau," commença-t-il d'une voix froide, "vous vous êtes aventurée dans des eaux très dangereuses. Nous savons que vous avez trouvé quelque chose à Chambord. Dans votre intérêt, il serait préférable que vous nous le remettiez immédiatement."

Léa garda son calme, consciente que le moindre faux pas pourrait la trahir. "Je ne sais pas de quoi vous parlez," répondit-elle. "J'étais simplement en train de faire des recherches pour un article historique sur le château."

L'homme la fixa intensément, cherchant à déceler le moindre signe de mensonge. Après un long moment de tension, il soupira. "Très bien. Vous pouvez partir. Mais sachez que nous vous surveillons de près."

Une fois libérée, Léa ne rentra pas directement chez elle. Elle savait que son appartement serait probablement surveillé, voire même perquisitionné. Au lieu de cela, elle se rendit dans un petit hôtel discret du 15ème arrondissement, payant en espèces sous un faux nom.

Dans la sécurité relative de sa chambre d'hôtel, Léa sortit enfin le journal de sa cachette. Ses mains tremblaient légèrement lorsqu'elle l'ouvrit. Les pages jaunies par le temps contenaient l'écriture fine et élégante d'Élisabeth Marceau, ou plutôt de Claire Dubois comme elle s'appelait alors.

Au fil de sa lecture, Léa découvrit l'ampleur vertigineuse de l'Opération Phénix. Ce n'était pas simplement un programme de recrutement, mais une vaste entreprise de manipulation à long terme visant à placer des agents d'influence au plus haut niveau de l'État.

Claire/Élisabeth décrivait en détail son entraînement, la façon dont on l'avait façonnée pour devenir l'agent parfait. Elle parlait de techniques de manipulation psychologique, d'effacement de son ancienne identité, de la création méticuleuse d'un nouveau passé.

Mais ce qui frappa le plus Léa, c'était la lutte intérieure que Claire/Élisabeth semblait mener. Entre son devoir envers ceux qui l'avaient formée et ses propres convictions morales. Entre la femme qu'elle était censée être et celle qu'elle était vraiment.

Un passage en particulier attira son attention :

"10 octobre 2010 - Julien a annoncé sa candidature à la présidence. Il est si enthousiaste, si plein d'espoir pour l'avenir de la France. Et moi, je me sens comme une imposteure. Je l'aime, vraiment. Mais notre relation entière est basée sur un mensonge. Comment puis-je continuer à lui cacher la vérité ?"

Léa sentit son cœur se serrer. Pour la première fois, elle voyait Élisabeth Marceau non pas comme une manipulatrice froide et calculatrice, mais comme une femme prise au piège de circonstances qui la dépassaient.

Alors qu'elle continuait sa lecture, Léa réalisa que le journal contenait bien plus que des révélations personnelles. Il y avait des noms, des dates, des détails sur des opérations secrètes menées au plus haut niveau de l'État. Des informations qui, si elles étaient rendues publiques, pourraient faire tomber non seulement le gouvernement actuel, mais ébranler les fondements mêmes de la République.

Soudain, Léa comprit pourquoi tant de gens étaient prêts à tout pour mettre la main sur ce journal. Ce n'était pas seulement l'histoire d'Élisabeth Marceau qui était en jeu, mais des décennies de secrets d'État.

Alors que l'aube commençait à poindre, Léa prit une décision. Elle ne pouvait pas garder ces informations pour elle seule, mais les révéler brutalement pourrait avoir des conséquences catastrophiques. Elle devait trouver un moyen de faire éclater la vérité tout en protégeant ceux qui, comme Élisabeth, avaient été des pions dans un jeu qui les dépassait.

Épuisée mais déterminée, Léa commença à planifier sa prochaine action. Elle savait qu'elle marchait sur une ligne fine entre la révélation de la vérité et le déclenchement d'un chaos national. Mais elle était prête à relever ce défi, quelles qu'en soient les conséquences personnelles.

Le journal d'Élisabeth Marceau, caché pendant si longtemps, allait enfin livrer ses secrets. Et avec lui, c'est tout l'échiquier politique français qui s'apprêtait à être bouleversé.

Chapitre 21 : L'enfance de Claire

Le soleil se levait doucement sur la petite ville de Saint-Clair-sur-Epte, baignant de sa lumière dorée les ruelles pavées et les vieilles maisons en pierre. Dans l'une de ces maisons, celle aux volets bleus de la rue des Tilleuls, une petite fille aux cheveux blonds comme les blés s'éveillait. Claire Dubois, âgée de huit ans, ignorait encore le destin extraordinaire qui l'attendait.

La maison des Dubois était modeste mais chaleureuse. Les parents de Claire, Marie et François, étaient des gens simples et aimants. François travaillait comme instituteur à l'école du village, tandis que Marie tenait la petite librairie locale. Leur foyer respirait l'amour des livres et du savoir.

Claire se leva, s'habilla rapidement et descendit l'escalier grinçant. Dans la cuisine, sa mère préparait le petit-déjeuner.

"Bonjour ma chérie," dit Marie en embrassant sa fille sur le front. "Bien dormi ?"

Claire hocha la tête, ses yeux bleus pétillants déjà de curiosité pour la journée à venir. Son père, assis à table, leva les yeux de son journal.

"Ah, voilà notre petite savante !" s'exclama-t-il avec un sourire affectueux. "Prête pour une nouvelle journée d'aventures à l'école ?"

Claire adorait l'école. Contrairement à beaucoup de ses camarades, elle attendait chaque jour avec impatience les leçons, avide d'apprendre et de découvrir. Son intelligence vive et sa soif de connaissances la distinguaient déjà des autres enfants de son âge.

Après le petit-déjeuner, Claire partit pour l'école, son cartable sur le dos et un livre sous le bras. Sur le chemin, elle s'arrêta comme chaque matin devant la vitrine de la librairie de sa mère. Les nouveaux livres exposés la faisaient toujours rêver d'horizons lointains et d'aventures extraordinaires.

À l'école, Claire brillait dans toutes les matières. Son institutrice, Mme Leroy, ne tarissait pas d'éloges sur elle. "Cette petite ira loin," disait-elle souvent à ses collègues. "Elle a un don."

Mais ce qui fascinait le plus Claire, c'étaient les histoires. Qu'il s'agisse de contes, de romans ou d'Histoire avec un grand H, elle dévorait tout. Son imagination fertile transformait chaque récit en une aventure qu'elle vivait intensément.

Un jour, alors qu'elle avait dix ans, un événement vint bouleverser sa vie paisible. Un homme en costume sombre visita l'école. Il observa longuement la classe, son regard s'attardant sur Claire. À la fin de la journée, il s'entretint avec Mme Leroy et le directeur.

Le soir venu, Claire surprit une conversation entre ses parents.

"Ils disent qu'elle est exceptionnelle," murmurait son père. "Qu'elle devrait passer des tests spéciaux."

"Je ne sais pas, François," répondit sa mère, l'inquiétude perçant dans sa voix. "Elle est si jeune..."

Claire ne comprit pas tout, mais elle sentit que quelque chose d'important se préparait.

Les semaines suivantes, Claire passa en effet une série de tests. Des hommes et des femmes en costume venaient régulièrement à l'école, l'observaient, lui posaient des questions. Claire trouvait tout cela excitant, comme une grande aventure.

Un soir, ses parents l'appelèrent dans le salon. Leur visage était grave.

"Claire, ma chérie," commença son père. "On nous a proposé quelque chose pour toi. Une opportunité exceptionnelle."

"Tu pourrais aller dans une école spéciale," poursuivit sa mère. "Une école pour les enfants comme toi, qui ont des dons particuliers."

Claire sentit son cœur s'emballer. Une école spéciale ? Pour elle ?

"Mais c'est loin d'ici," ajouta son père. "Tu ne pourrais pas rentrer tous les soirs."

Claire réfléchit un moment. L'idée l'effrayait un peu, mais l'excitation l'emportait. "Je veux y aller," dit-elle finalement.

Ses parents échangèrent un regard où se mêlaient fierté et inquiétude. Ils ignoraient alors qu'ils venaient de prendre une décision qui changerait à jamais le destin de leur fille.

Les mois qui suivirent furent un tourbillon de préparatifs. Claire quitta Saint-Clair-sur-Epte pour rejoindre un internat prestigieux à Paris. Là-bas, elle découvrit un monde nouveau, stimulant, mais aussi exigeant.

Les années passèrent. Claire, devenue adolescente, rentrait de moins en moins souvent à Saint-Clair. Ses visites à la maison aux volets bleus se firent rares, puis cessèrent presque complètement.

Le jour de ses seize ans, Claire reçut une visite inattendue à l'internat. Un homme en costume, différent de ceux qu'elle avait l'habitude de voir, vint la voir.

"Mademoiselle Dubois," dit-il d'une voix grave. "Nous avons suivi vos progrès avec beaucoup d'intérêt. Nous pensons que vous pourriez faire de grandes choses pour votre pays."

Claire, intriguée et flattée, l'écouta attentivement. L'homme lui parla d'un programme spécial, d'une opportunité unique. Il mentionna le nom "Opération Phénix".

Ce jour-là, sans le savoir, Claire Dubois fit ses adieux à son enfance. L'innocente petite fille de Saint-Clair-sur-Epte s'effaçait peu à peu, laissant place à une jeune femme ambitieuse et déterminée.

Dans la maison aux volets bleus, ses parents attendaient toujours son retour, ignorant que leur fille s'engageait sur un chemin dont elle ne reviendrait jamais vraiment.

L'enfance de Claire touchait à sa fin. L'Opération Phénix allait bientôt prendre son envol, emportant avec elle les rêves et les espoirs d'une jeune fille brillante, la transformant en un instrument au service de desseins qui la dépassaient.

Mais dans le cœur de celle qui deviendrait un jour Élisabeth Marceau, le souvenir de cette enfance heureuse à Saint-Clair-sur-Epte resterait à jamais gravé, comme un trésor enfoui, le dernier vestige d'une innocence perdue.

Chapitre 22 : Le recrutement

Le soleil se levait à peine sur Paris lorsque Claire Dubois, alors âgée de 17 ans, descendit du train à la Gare du Nord. Son cœur battait la chamade, un mélange d'excitation et d'appréhension. Elle avait quitté sa petite ville de Normandie pour la première fois, répondant à une mystérieuse invitation qui promettait de changer sa vie.

Claire se dirigea vers le point de rendez-vous indiqué dans la lettre qu'elle avait reçue quelques jours plus tôt. Un café discret, non loin de la gare. À l'intérieur, un homme d'une cinquantaine d'années, en costume sombre, l'attendait. Il se présenta sous le nom de Monsieur Lefort.

"Claire Dubois," dit-il d'une voix grave. "Nous vous attendions avec impatience."

L'homme lui expliqua qu'elle avait été sélectionnée pour participer à un programme spécial, une opportunité unique de servir son pays d'une manière exceptionnelle. Le projet Phénix, comme il l'appelait, visait à former des jeunes talentueux pour devenir des agents d'influence au plus haut niveau de la société française.

Claire écoutait, fascinée et légèrement effrayée. On lui parlait de formation intensive, de nouvelle identité, de mission à long terme. C'était comme si on lui proposait de devenir l'héroïne d'un roman d'espionnage.

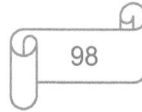

"Mais pourquoi moi ?" demanda-t-elle finalement.

Lefort sourit. "Vous avez un potentiel exceptionnel, Claire. Votre intelligence, votre charisme, votre capacité d'adaptation... Vous êtes exactement ce que nous recherchons."

Il lui présenta ensuite les conditions : si elle acceptait, elle devrait couper tous les liens avec son passé. Nouvelle identité, nouvelle vie. Sa famille, ses amis, tout devrait être laissé derrière.

Claire hésita. C'était une décision monumentale à prendre à seulement 17 ans. Mais l'idée de faire quelque chose d'important, de plus grand qu'elle-même, était terriblement séduisante.

"Si j'accepte," dit-elle lentement, "que se passera-t-il ensuite ?"

Lefort lui expliqua le processus. Un centre de formation secret, des années d'entraînement intensif, puis un placement stratégique dans la société.

"Vous pourriez devenir n'importe qui," dit-il. "Une brillante avocate, une femme d'affaires influente, ou même..."

Il laissa sa phrase en suspens, mais Claire comprit l'implication. Les possibilités semblaient infinies.

Après plusieurs heures de discussion, Claire prit sa décision. Avec un mélange de peur et d'excitation, elle accepta l'offre de Lefort.

Les jours qui suivirent furent un tourbillon. Claire fut emmenée dans un lieu tenu secret, quelque part en dehors de Paris. Là, elle rencontra d'autres jeunes recrues, tous choisis pour leurs talents particuliers.

Le programme de formation était intense. Cours de langues, d'histoire, de géopolitique. Entraînement physique, techniques de manipulation psychologique, création et gestion d'identités multiples. Claire se découvrit des capacités qu'elle ne soupçonnait pas.

Un soir, alors qu'elle était seule dans sa chambre, la réalité de sa situation la frappa de plein fouet. Elle avait tout laissé derrière elle - sa famille, ses amis, son identité même. Pour la première fois depuis le début de cette aventure, elle pleura, se demandant si elle avait fait le bon choix.

Mais le lendemain matin, déterminée, elle se remit au travail. Elle savait qu'elle ne pouvait plus faire marche arrière. Claire Dubois disparaissait peu à peu, laissant place à une nouvelle personne, forgée dans le secret et le devoir.

Les mois passèrent, puis les années. Claire - qui ne s'appelait plus ainsi que dans le secret de son cœur - excellait dans tous les domaines. Ses instructeurs étaient impressionnés par sa capacité d'adaptation, son intelligence vive et sa détermination sans faille.

Finalement, après cinq ans de formation intensive, on lui annonça qu'elle était prête pour sa première mission à long terme. On lui présenta sa nouvelle identité : Élisabeth Auchère, brillante étudiante en littérature, promise à un grand avenir.

Alors qu'elle se préparait à entrer dans cette nouvelle vie, Lefort vint la voir une dernière fois.

"N'oubliez jamais pourquoi vous faites cela," lui dit-il. "Vous allez jouer un rôle crucial dans l'avenir de notre nation. Mais rappelez-vous : vous ne serez jamais vraiment libre. Votre vie appartient désormais à la mission."

Ces mots résonnèrent en elle, mélange de fierté et d'appréhension. Alors qu'elle quittait le centre de formation, Élisabeth - autrefois Claire - savait qu'elle venait de franchir un point de non-retour.

Son destin était désormais lié à celui de la France, pour le meilleur et pour le pire. Le recrutement était terminé. La véritable mission commençait maintenant.

📖 ✦ ✦ ✦ ✦ ✦ ✦ 🌐

Chapitre 23 : La transformation

Le soleil se levait à peine sur une base militaire isolée, quelque part dans la campagne française. Claire Dubois, 17 ans, descendit d'un véhicule aux vitres teintées, le cœur battant la chamade. Elle jeta un dernier regard au monde qu'elle s'apprêtait à quitter, sachant qu'elle ne serait plus jamais la même.

Deux hommes en costume l'escortèrent à l'intérieur d'un bâtiment austère. "Bienvenue au centre de formation Phénix," dit l'un d'eux. "Votre nouvelle vie commence aujourd'hui."

Les semaines qui suivirent furent un tourbillon d'activités intensives. Claire fut soumise à des tests physiques et psychologiques rigoureux. On lui enseigna des langues, l'histoire, la géopolitique. Elle apprit l'art de la manipulation psychologique, la création et la gestion d'identités multiples.

Chaque jour, elle sentait son ancienne personnalité s'effacer un peu plus. Les formateurs travaillaient sans relâche pour façonner sa nouvelle identité : Élisabeth Auchère, une jeune femme brillante et ambitieuse, destinée à influencer les plus hautes sphères du pouvoir.

"Oubliez Claire Dubois," lui répétait-on sans cesse. "Elle n'existe plus. Vous êtes Élisabeth maintenant."

Les nuits étaient les plus difficiles. Seule dans sa chambre spartiate, Claire - ou était-ce déjà Élisabeth ? - pleurait silencieusement, se demandant si elle avait fait le bon choix. Mais chaque matin, elle se levait déterminée à exceller dans sa nouvelle mission.

Au fil des mois, sa transformation devint de plus en plus évidente. Son apparence changea subtilement : une nouvelle coupe de cheveux, des lentilles de contact pour modifier la couleur de ses yeux. On lui apprit à marcher, à parler, à se comporter comme la femme influente qu'elle était destinée à devenir.

Un jour, on lui présenta un dossier complet sur sa nouvelle identité. Élisabeth Auchère avait désormais un passé, une famille, des diplômes - tous soigneusement fabriqués pour résister à l'examen le plus minutieux.

"Votre mission à long terme," lui expliqua son superviseur, "sera d'infiltrer les cercles du pouvoir. Vous devrez vous rapprocher des personnes influentes, gagner leur confiance, et les guider subtilement dans la direction que nous souhaitons."

Claire - non, Élisabeth - hocha la tête, comprenant l'ampleur de la tâche qui l'attendait. Elle savait qu'elle ne pourrait plus jamais revenir en arrière, que son ancienne vie était définitivement derrière elle.

Après deux ans de formation intensive, Élisabeth Auchère était prête à faire ses premiers pas dans le monde. Diplômée de l'École Normale Supérieure, elle s'apprêtait à commencer une carrière d'enseignante qui la mènerait, elle le savait, vers des horizons bien plus vastes.

Alors qu'elle quittait le centre de formation, Élisabeth jeta un dernier regard en arrière. Quelque part, enfouie au plus profond d'elle-même, Claire Dubois existait encore. Mais désormais, c'était Élisabeth qui prenait les commandes, prête à jouer son rôle dans le grand échiquier du pouvoir.

"Adieu, Claire," murmura-t-elle pour elle-même. "Et bienvenue, Élisabeth Auchère."

Le soleil se couchait sur cette journée qui marquait la fin d'une vie et le début d'une autre. Élisabeth monta dans la voiture qui l'attendait, son esprit déjà tourné vers l'avenir et les défis qui l'attendaient. La transformation était complète. L'Opération Phénix avait réussi.

Chapitre 24 : Les années d'entraînement

Le soleil se levait à peine sur un centre d'entraînement secret niché au cœur de la campagne française. Claire Dubois, désormais connue sous le nom d'Élisabeth Auchère, se réveilla en sursaut au son strident d'une alarme. Elle avait 19 ans et entamait sa deuxième année au sein de l'Opération Phénix.

Élisabeth sauta de son lit spartiate et enfila rapidement son uniforme gris. En quelques minutes, elle rejoignit les autres recrues dans la cour principale. Le commandant Marcus, un homme austère aux yeux perçants, les attendait.

"Aujourd'hui," annonça-t-il d'une voix grave, "nous entamons la phase intensive de votre formation. Certains d'entre vous ne tiendront pas le coup. D'autres deviendront les agents les plus efficaces que ce pays ait jamais connus."

Son regard s'attarda sur Élisabeth. Elle savait qu'elle était considérée comme l'élément le plus prometteur de sa promotion. Cette pression constante pesait lourd sur ses épaules.

Les mois qui suivirent furent un tourbillon d'entraînements physiques et mentaux poussés à l'extrême. Chaque jour apportait son lot de défis :

- Cours intensifs de langues étrangères, où Élisabeth excellait particulièrement. Elle maîtrisait déjà cinq langues couramment.

- Entraînement au combat rapproché et maniement d'armes. Malgré sa réticence initiale à la violence, elle s'avéra étonnamment douée.

- Techniques avancées d'infiltration et de manipulation psychologique. C'est dans ce domaine qu'Élisabeth brillait le plus, sa capacité naturelle à lire les gens et à s'adapter à toute situation faisant merveille.

- Cours de géopolitique, d'histoire et de stratégie militaire pour comprendre les enjeux complexes du monde qu'ils seraient amenés à influencer.

Un soir, alors qu'Élisabeth étudiait seule dans sa chambre, on frappa à sa porte. C'était le commandant Marcus.

"Élisabeth," dit-il en entrant, "vos progrès sont remarquables. Mais j'ai besoin de savoir si vous êtes vraiment prête à aller jusqu'au bout."

Elle le regarda, intriguée. "Que voulez-vous dire, monsieur ?"

Marcus s'assit sur la chaise en face d'elle. "L'Opération Phénix n'est pas un simple programme d'espionnage. Nous créons des agents capables d'influencer le cours de l'histoire. Êtes-vous prête à sacrifier votre identité, votre passé, tout ce que vous êtes, pour servir un but plus grand que vous ?"

Élisabeth sentit un frisson parcourir son échine. Elle pensa à sa famille, à ses amis, à la vie qu'elle avait laissée derrière elle. Puis elle songea à l'opportunité qui s'offrait à elle de façonner l'avenir de son pays.

"Je suis prête," répondit-elle d'une voix ferme.

Marcus hocha la tête, satisfait. "Bien. Parce que votre véritable formation commence maintenant."

Les années qui suivirent furent encore plus intenses. Élisabeth fut soumise à des simulations de plus en plus complexes, jouant divers rôles dans des scénarios élaborés. Elle apprit à se fondre dans n'importe quel milieu, à adopter n'importe quelle personnalité.

Un jour, on lui présenta un dossier complet sur sa nouvelle identité. Élisabeth Auchère avait désormais un passé, une famille, des diplômes - tous soigneusement fabriqués pour résister à l'examen le plus minutieux.

"Votre mission à long terme," lui expliqua Marcus, "sera d'infiltrer les cercles du pouvoir. Vous devrez vous rapprocher des personnes influentes, gagner leur confiance, et les guider subtilement dans la direction que nous souhaitons."

Élisabeth hocha la tête, comprenant l'ampleur de la tâche qui l'attendait. Elle savait qu'elle ne pourrait plus jamais revenir en arrière, que son ancienne vie était définitivement derrière elle.

La dernière phase de sa formation fut peut-être la plus difficile. On lui apprit à compartimenter ses émotions, à créer des barrières mentales impénétrables entre sa véritable personnalité et son rôle d'agent.

"N'oubliez jamais," lui dit Marcus lors de leur dernière séance, "que votre plus grande force sera votre capacité à vous faire aimer, à inspirer confiance. Mais vous ne devez jamais, jamais laisser vos véritables sentiments interférer avec votre mission."

Élisabeth acquiesça, mais au fond d'elle-même, elle se demandait si elle serait vraiment capable de vivre ainsi, dans un mensonge permanent.

Enfin, après cinq ans d'entraînement intensif, Élisabeth Auchère était prête pour sa première mission à long terme. Diplômée de l'École Normale Supérieure, elle s'apprêtait à commencer une carrière d'enseignante qui la mènerait, elle le savait, vers des horizons bien plus vastes.

Alors qu'elle quittait le centre d'entraînement, Élisabeth jeta un dernier regard en arrière. Quelque part, enfouie au plus profond d'elle-même, Claire Dubois existait encore. Mais désormais, c'était Élisabeth qui prenait les commandes, prête à jouer son rôle dans le grand échiquier du pouvoir.

"Adieu, Claire," murmura-t-elle pour elle-même. "Et bienvenue, Élisabeth Auchère."

Le soleil se couchait sur cette journée qui marquait la fin d'une vie et le début d'une autre. Élisabeth monta dans la voiture qui l'attendait, son esprit déjà tourné vers l'avenir et les défis qui l'attendaient. La transformation était complète. L'Opération Phénix avait réussi.

Chapitre 25 : La mission d'une vie

Le soleil se levait à peine sur Paris lorsqu'Élisabeth Auchère, autrefois connue sous le nom de Claire Dubois, franchit les portes d'un immeuble anonyme du 16ème arrondissement. À 33 ans, elle était au sommet de sa forme, tant physiquement que mentalement. Ses années d'entraînement intensif dans le cadre de l'Opération Phénix l'avaient transformée en un agent d'influence redoutable.

Dans l'ascenseur qui la menait au dernier étage, Élisabeth prit une profonde inspiration, se remémorant les instructions qu'elle avait reçues la veille. Aujourd'hui marquait le début de sa véritable mission, celle pour laquelle elle avait été formée pendant plus d'une décennie.

La porte s'ouvrit sur un bureau élégant où l'attendait Marcus, son superviseur depuis le début de l'opération. L'homme, la cinquantaine grisonnante, arborait un costume impeccable et un regard perçant qui semblait lire en elle.

"Élisabeth," dit-il en lui faisant signe de s'asseoir. "Le moment est venu."

Elle acquiesça silencieusement, son cœur battant un peu plus vite malgré son apparence calme.

Marcus sortit un dossier d'un tiroir sécurisé. "Voici votre cible : Julien Marceau. 28 ans, brillant avocat, étoile montante du parti centriste. Nos analystes prédisent qu'il pourrait devenir une figure politique majeure dans les années à venir."

Élisabeth examina la photo du jeune homme. Beau, charismatique, avec un regard intelligent. "Et ma mission ?" demanda-t-elle, bien qu'elle en connaisse déjà les grandes lignes.

"Vous allez devenir son point d'ancrage, sa confidente, et éventuellement, sa partenaire," expliqua Marcus. "Votre rôle sera de le guider subtilement, d'influencer ses décisions pour qu'elles s'alignent avec nos objectifs à long terme."

Élisabeth sentit un léger malaise qu'elle réprima rapidement. L'Opération Phénix l'avait préparée à cela, à mettre de côté ses sentiments personnels pour le bien de la mission.

"Comment dois-je procéder ?" s'enquit-elle, son ton professionnel masquant ses doutes intérieurs.

Marcus sourit légèrement. "Vous allez être nommée professeur de littérature au lycée La Providence d'Amiens. Julien y donne occasionnellement des conférences sur le droit. C'est là que vous le rencontrerez, comme par hasard."

Les semaines qui suivirent furent un tourbillon d'activité. Élisabeth s'installa à Amiens, peaufinant son personnage d'enseignante passionnée. Elle étudia méticuleusement le dossier de Julien, apprenant par cœur ses goûts, ses habitudes, ses ambitions.

Le jour de leur première rencontre arriva enfin. Élisabeth, vêtue d'un tailleur élégant mais discret, attendait dans la salle des professeurs. Son cœur battait la chamade lorsque Julien entra, encore plus charismatique en personne que sur les photos.

Leur conversation, soigneusement orchestrée par Élisabeth, sembla pourtant naturelle et spontanée. Elle fut surprise de constater à quel point elle appréciait réellement sa compagnie, son intelligence vive et son humour subtil.

Au fil des mois, leur relation se développa. Des discussions animées dans les couloirs du lycée aux cafés partagés après les cours, Élisabeth sentait qu'elle gagnait progressivement la confiance de Julien. Mais en même temps, elle luttait contre des sentiments qu'elle n'avait pas prévus.

Un soir, alors qu'ils travaillaient tard sur un projet commun, Julien la regarda intensément. "Élisabeth," dit-il doucement, "je crois que je suis en train de tomber amoureux de vous."

Ces mots, qu'elle avait anticipés comme faisant partie de sa mission, la frappèrent avec une force inattendue. Pour la première fois depuis le début de l'Opération Phénix, Élisabeth sentit son masque se fissurer.

Cette nuit-là, de retour dans son appartement, elle contacta Marcus. "Je... je crois que je développe des sentiments réels pour lui," admit-elle, la voix tremblante.

Un long silence suivit. Puis Marcus répondit d'une voix grave : "C'est dangereux, Élisabeth. Mais peut-être aussi nécessaire. Un amour véritable rendra votre influence encore plus puissante."

Les années passèrent. Élisabeth guida subtilement Julien dans son ascension politique, utilisant son intelligence et son charisme pour façonner ses idées, pour l'orienter vers les positions souhaitées par l'Opération Phénix. Mais en même temps, son amour pour lui grandissait, devenant de plus en plus réel, de plus en plus profond.

Le jour où Julien fut élu président de la République, Élisabeth se tenait à ses côtés, rayonnante dans sa robe de Première Dame. Alors qu'ils saluaient la foule depuis le balcon de l'Élysée, elle réalisa pleinement l'ampleur de ce qu'elle avait accompli.

Sa mission d'une vie était un succès retentissant. Elle avait placé l'homme qu'elle aimait - car oui, elle l'aimait vraiment maintenant - au sommet du pouvoir. Elle avait influencé le cours de l'histoire de la France.

Mais alors que les acclamations de la foule résonnaient autour d'elle, Élisabeth sentit un poids immense sur ses épaules. Le masque qu'elle portait depuis si longtemps était devenu une partie d'elle-même. Et les secrets qu'elle gardait menaçaient constamment de tout détruire.

Cette nuit-là, seule dans leur nouvelle chambre à l'Élysée, Élisabeth contempla son reflet dans le miroir. Qui était-elle vraiment ? Claire Dubois, la jeune fille ambitieuse recrutée il y a si longtemps ? Élisabeth Auchère, l'agent d'influence créé par l'Opération Phénix ? Ou Élisabeth Marceau, la Première Dame de France amoureuse de son mari ?

La réponse, elle le savait, était qu'elle était tout cela à la fois. Sa mission d'une vie avait réussi au-delà de toutes les espérances. Mais le prix à payer était un secret qui la rongerait pour toujours, une vérité qui, si elle éclatait un jour, pourrait tout anéantir.

Alors qu'elle rejoignait Julien dans leur lit, Élisabeth se jura de protéger ce qu'elle avait construit, quoi qu'il lui en coûte. Sa mission n'était pas terminée. Elle ne le serait probablement jamais.

Chapitre 26 : La rencontre avec Julien

Le soleil d'automne baignait la cour du lycée La Providence d'Amiens d'une douce lumière dorée. Élisabeth Auchère, 33 ans, franchit les grilles de l'établissement, son cœur battant un peu plus vite que d'habitude. Aujourd'hui était le jour J, celui pour lequel elle s'était préparée depuis des mois : sa première rencontre avec Julien Marceau.

Vêtue d'un tailleur bleu marine élégant mais discret, Élisabeth traversa la cour d'un pas assuré, saluant au passage quelques collègues. Professeur de littérature depuis maintenant deux mois, elle s'était rapidement intégrée à l'équipe enseignante, gagnant le respect de ses pairs et l'affection de ses élèves.

Alors qu'elle entrait dans la salle des professeurs, son regard fut immédiatement attiré par une silhouette masculine qu'elle reconnut instantanément. Julien Marceau, 28 ans, brillant avocat et étoile montante du parti centriste, se tenait près de la machine à café, discutant avec animation avec le proviseur.

Élisabeth prit une profonde inspiration, se remémorant les innombrables simulations qu'elle avait pratiquées pendant sa formation. Elle s'approcha de la machine à café, feignant de ne pas remarquer la présence de Julien.

"Ah, Mademoiselle Auchère !" s'exclama le proviseur. "Permettez-moi de vous présenter Maître Julien Marceau. Il vient donner une conférence sur le droit constitutionnel à nos terminales."

Élisabeth se tourna vers Julien, offrant un sourire chaleureux mais pas trop appuyé. "Enchantée, Maître Marceau. J'ai beaucoup entendu parler de vous."

Julien lui rendit son sourire, ses yeux bleus pétillant d'intelligence et de curiosité. "Tout le plaisir est pour moi, Mademoiselle Auchère. J'espère que ce ne sont que des choses positives ?"

"Oh, rassurez-vous," répondit Élisabeth avec un léger rire. "Votre réputation vous précède. Vos plaidoiries sur l'égalité des droits ont fait grand bruit."

Le visage de Julien s'illumina. "Vous vous intéressez au droit ?"

"À vrai dire, je suis plutôt une passionnée de littérature," admit Élisabeth. "Mais j'aime penser que le droit et la littérature ont beaucoup en commun. Ils explorent tous deux la condition humaine, n'est-ce pas ?"

Cette remarque sembla piquer l'intérêt de Julien. "C'est une perspective fascinante. J'aimerais beaucoup en discuter davantage avec vous."

Le proviseur, sentant qu'une connexion s'établissait, s'éclipsa discrètement. Élisabeth et Julien continuèrent à discuter, passant de la littérature au droit, de la politique à la philosophie. Leur conversation était animée, ponctuée de rires et d'échanges de regards complices.

Élisabeth fut surprise de constater à quel point elle appréciait réellement la compagnie de Julien. Son intelligence vive, son humour subtil et sa passion pour les idées la captivaient véritablement. Elle devait se rappeler constamment que ceci était une mission, pas une rencontre fortuite.

Alors que la cloche sonnait, annonçant le début des cours, Julien jeta un coup d'œil à sa montre. "Je crains de devoir y aller," dit-il avec une pointe de regret dans la voix. "Ma conférence commence dans quelques minutes."

"Bien sûr," répondit Élisabeth. "Je ne voudrais pas vous mettre en retard."

Julien hésita un instant, puis sortit une carte de visite de sa poche. "Écoutez, j'ai vraiment apprécié notre conversation. Que diriez-vous de la poursuivre autour d'un café un de ces jours ?"

Élisabeth prit la carte, son cœur battant un peu plus vite. "Ce serait avec plaisir, Maître Marceau."

"Julien, s'il vous plaît," insista-t-il avec un sourire charmeur.

"Julien," répéta-t-elle doucement. "À bientôt, alors."

Alors qu'il s'éloignait, Élisabeth resta un moment immobile, la carte de Julien entre ses doigts. Elle avait réussi la première étape de sa mission : établir un contact et susciter l'intérêt de sa cible. Mais elle ne pouvait s'empêcher de ressentir un mélange troublant d'excitation et de culpabilité.

Cette nuit-là, dans son appartement, Élisabeth rédigea son rapport pour Marcus. Elle détailla leur rencontre, analysant chaque mot, chaque geste. Mais elle omit de mentionner le trouble qu'elle avait ressenti, la façon dont le charisme de Julien l'avait affectée plus qu'elle ne l'aurait voulu.

Alors qu'elle s'apprêtait à envoyer le rapport, son regard tomba sur la carte de visite de Julien, posée sur son bureau. Elle la prit, caressant doucement le papier texturé.

"Julien Marceau," murmura-t-elle pour elle-même. "Dans quoi nous embarquons-nous ?"

Elle savait que ce n'était que le début. Les mois à venir allaient être cruciaux. Elle devrait gagner sa confiance, devenir sa confidente, et éventuellement, bien plus. Tout cela pour influencer subtilement ses décisions, pour le guider vers le destin que l'Opération Phénix avait tracé pour lui.

Mais pour la première fois depuis le début de sa mission, Élisabeth se demanda si elle serait capable de garder le contrôle total de la situation. Car quelque chose dans le regard de Julien, dans la façon dont il l'avait écoutée et comprise, avait éveillé en elle des sentiments qu'elle croyait avoir enterrés depuis longtemps.

Secouant la tête pour chasser ces pensées dangereuses, Élisabeth envoya son rapport et se prépara pour la nuit. Demain serait un nouveau jour, une nouvelle étape dans sa mission d'une vie. Et elle était déterminée à réussir, quoi qu'il lui en coûte.

Chapitre 27 : L'ascension politique

Le soleil se levait sur Paris, baignant la ville d'une lumière dorée. Dans un modeste appartement du 11ème arrondissement, Julien Marceau, 33 ans, ajustait nerveusement sa cravate devant le miroir. C'était un grand jour pour lui : sa première intervention télévisée en tant que nouveau député.

Élisabeth, assise sur le bord du lit, l'observait avec un mélange de fierté et d'appréhension. Elle savait mieux que quiconque le potentiel de Julien, mais aussi les défis qui l'attendaient.

"Tu es prêt," dit-elle doucement, se levant pour l'embrasser sur la joue. "Tu vas les éblouir."

Julien se tourna vers elle, reconnaissant. "Je ne serais pas là sans toi, tu le sais."

En effet, l'ascension politique de Julien Marceau était intimement liée à Élisabeth. Depuis leur rencontre au lycée La Providence d'Amiens cinq ans plus tôt, elle avait été son pilier, son conseiller le plus fidèle, et sa source d'inspiration.

Dans les coulisses des plateaux de télévision, Julien répétait mentalement les points clés de son discours, soigneusement préparé avec l'aide d'Élisabeth. Elle avait un don pour transformer ses idées en phrases percutantes, pour anticiper les questions pièges des journalistes.

L'émission fut un succès. Julien, avec son charisme naturel et sa maîtrise des dossiers, impressionna aussi bien les téléspectateurs que les commentateurs politiques. À la sortie du studio, il fut assailli de demandes d'interviews et de propositions de collaborations.

Dans les mois qui suivirent, la carrière politique de Julien prit son envol. Il multipliait les apparitions médiatiques, les discours enflammés à l'Assemblée Nationale, les rencontres avec les électeurs. Et à chaque étape, Élisabeth était là, dans l'ombre, guidant ses pas, affinant sa stratégie.

Un soir, alors qu'ils célébraient une victoire législative importante, Julien se tourna vers Élisabeth, les yeux brillants d'ambition. "Je pense que je pourrais viser plus haut," dit-il. "Peut-être même... la présidence ?"

Élisabeth sourit, mais une ombre passa furtivement dans son regard. "C'est possible," répondit-elle prudemment. "Mais le chemin sera long et semé d'embûches."

Ce qu'elle ne dit pas, c'est que l'idée d'une potentielle présidence de Julien faisait partie d'un plan plus vaste, un plan dont elle était à la fois l'architecte et l'instrument. L'Opération Phénix entrait dans sa phase finale, et Julien Marceau en était la pièce maîtresse.

Les années qui suivirent furent une montée en puissance constante. Julien gravit les échelons du parti, devenant rapidement une figure incontournable de la scène politique française. Son discours, mêlant progressisme et pragmatisme, séduisait un électorat de plus en plus large.

Élisabeth, quant à elle, jonglait habilement entre son rôle public d'épouse dévouée et son travail de l'ombre. Elle tissait un réseau d'alliances et d'influences, préparant méticuleusement le terrain pour l'ultime objectif : l'Élysée.

La campagne présidentielle, lorsqu'elle fut lancée, fut un tourbillon d'émotions et de défis. Julien, porté par sa fougue et son charisme, électrisait les foules. Élisabeth, elle, orchestrait chaque mouvement, chaque déclaration, avec une précision chirurgicale.

Le soir de la victoire, alors que la foule en liesse scandait le nom de Julien Marceau, Élisabeth se tenait légèrement en retrait sur la scène. Son visage affichait un sourire radieux, mais ses yeux trahissaient une émotion plus complexe. Elle avait réussi. Le plan avait fonctionné au-delà de toutes les espérances.

Mais alors que Julien la serrait dans ses bras devant les caméras du monde entier, une pensée troublante traversa l'esprit d'Élisabeth. Jusqu'où irait sa loyauté envers l'Opération Phénix ? Et si ses sentiments pour Julien, devenus bien réels au fil des années, entraient en conflit avec sa mission ?

Cette nuit-là, tandis que Paris célébrait son nouveau président, Élisabeth Marceau, née Claire Dubois, contemplait l'avenir avec un mélange d'excitation et d'appréhension. L'ascension politique de Julien était terminée. Mais pour elle, un nouveau chapitre, peut-être le plus périlleux, ne faisait que commencer.

Chapitre 28 : Le mariage calculé

Le soleil d'automne baignait les jardins de l'Hôtel de Ville de Paris d'une douce lumière dorée. Élisabeth Auchère, radieuse dans sa robe de mariée, descendait les marches au bras de Julien Marceau. Les flashs des photographes crépitaient, immortalisant ce qui semblait être le mariage parfait entre la brillante professeure de littérature et l'étoile montante de la politique française.

Mais derrière son sourire éclatant, Élisabeth sentait un poids immense peser sur ses épaules. Alors que la foule les acclamait, elle ne pouvait s'empêcher de penser au long chemin qui l'avait menée jusqu'ici, aux sacrifices et aux mensonges qui avaient jalonné sa vie depuis qu'elle avait accepté de participer à l'Opération Phénix.

"Tu es magnifique," lui murmura Julien à l'oreille alors qu'ils prenaient la pose pour les photographes.

Élisabeth se força à sourire plus largement. "Merci, mon amour," répondit-elle, le mot "amour" lui laissant un goût amer dans la bouche.

Elle aimait Julien, vraiment. C'était peut-être la seule chose authentique dans toute cette mascarade. Mais leur rencontre, leur relation, ce mariage... tout avait été soigneusement orchestré par les architectes de l'Opération Phénix.

Quelques heures plus tôt, alors qu'elle se préparait dans une suite de l'hôtel, Élisabeth avait reçu la visite de Marcus, son contact au sein des services secrets.

"Tout se déroule comme prévu," avait-il dit d'un ton neutre. "Julien Marceau est sur la bonne voie. Avec vous à ses côtés, il atteindra les plus hautes sphères du pouvoir."

Élisabeth avait senti la colère monter en elle. "Et ensuite ? Quand cela finira-t-il ?"

Marcus l'avait regardée avec un mélange de pitié et de froideur. "Vous connaissez la réponse, Élisabeth. Cela ne finira jamais. C'est votre vie maintenant."

Maintenant, alors qu'elle souriait aux invités et acceptait leurs félicitations, ces mots résonnaient dans son esprit. Elle observa la foule, repérant facilement les agents de l'Opération Phénix dispersés parmi les invités. Ils étaient là pour s'assurer que tout se passait selon le plan, que la future Première Dame de France jouait parfaitement son rôle.

Le reste de la journée passa comme dans un brouillard. Élisabeth prononça ses vœux, dansa avec Julien, coupa le gâteau - chaque geste, chaque sourire soigneusement répété et perfectionné au cours de sa formation. Elle était l'épouse parfaite, la partenaire idéale pour un homme destiné à diriger le pays.

Ce n'est que tard dans la nuit, une fois les festivités terminées et les invités partis, qu'Élisabeth se retrouva seule face à son reflet dans le miroir de leur suite nuptiale. Elle fixa son image, cherchant des traces de Claire Dubois, la jeune fille qu'elle avait été avant que l'Opération Phénix ne la transforme en Élisabeth Auchère.

"Qui es-tu vraiment ?" murmura-t-elle à son reflet.

"Élisabeth ?" La voix de Julien la tira de ses pensées. Il se tenait dans l'embrasure de la porte, son visage rayonnant de bonheur. "Tout va bien ?"

Elle se tourna vers lui, forçant un sourire sur son visage. "Oui, mon amour. Je suis juste... émue par cette merveilleuse journée."

Julien s'approcha et la prit dans ses bras. "Notre vie ensemble ne fait que commencer," dit-il doucement. "Je te promets que je ferai tout pour te rendre heureuse."

Élisabeth sentit les larmes lui monter aux yeux, mais pour des raisons que Julien ne pouvait pas comprendre. Elle l'embrassa, essayant de faire taire la voix dans sa tête qui lui rappelait que leur amour, aussi réel soit-il, était né d'un mensonge.

Cette nuit-là, alors que Julien dormait paisiblement à ses côtés, Élisabeth resta éveillée, contemplant le plafond. Elle pensait à l'avenir qui l'attendait, au rôle qu'elle devrait jouer dans l'ascension politique de son mari. Elle savait que chaque jour serait un défi, un exercice d'équilibriste entre ses véritables sentiments et sa mission.

Mais elle était déterminée à réussir. Pas seulement pour l'Opération Phénix ou pour les hommes de l'ombre qui tiraient les ficelles. Elle le ferait pour Julien, pour l'homme qu'elle avait appris à aimer malgré les circonstances de leur rencontre. Et peut-être, se dit-elle alors que le sommeil la gagnait enfin, peut-être qu'un jour elle trouverait un moyen de concilier ses deux vies, de devenir vraiment Élisabeth Marceau sans trahir Claire Dubois.

Le mariage était peut-être calculé, mais l'amour, lui, était réel. C'était la seule vérité à laquelle Élisabeth pouvait se raccrocher alors qu'elle s'engageait sur le chemin périlleux qui la mènerait jusqu'à l'Élysée.

Chapitre 29 : Les doutes d'Élisabeth

La nuit était tombée sur Paris, enveloppant l'Élysée dans un silence pesant. Dans ses appartements privés, Élisabeth Marceau se tenait immobile devant la fenêtre, son regard perdu dans l'obscurité des jardins en contrebas. Le poids de ses secrets, qu'elle portait depuis si longtemps, lui semblait soudain insupportable.

Elle repensa au chemin parcouru depuis cette journée fatidique de 1983 où sa vie avait basculé. Claire Dubois, la jeune fille idéaliste qu'elle était alors, semblait si lointaine maintenant. Comme un rêve dont on peine à se souvenir au réveil.

"Ai-je vraiment fait les bons choix ?" murmura-t-elle pour elle-même, sa voix à peine audible dans le silence de la pièce.

Les derniers jours avaient été un tourbillon d'émotions et de révélations. L'enquête de cette journaliste, Léa Moreau, menaçait de faire s'écrouler le château de cartes qu'elle avait si méticuleusement construit au fil des années. Et Julien... son cher Julien, dont le regard autrefois empli d'amour et d'admiration n'exprimait plus que méfiance et incompréhension.

Élisabeth se dirigea vers son bureau et ouvrit un tiroir secret. Elle en sortit une vieille photo, jaunie par le temps. Une jeune Claire Dubois y souriait, entourée de ses parents devant leur maison aux volets bleus à Saint-Clair-sur-Epte. Une larme silencieuse coula sur sa joue.

"Qu'auriez-vous pensé de moi, maintenant ?" demanda-t-elle à l'image de ses parents disparus.

Elle se rappela les premiers jours de l'Opération Phénix. L'excitation de faire partie de quelque chose de plus grand qu'elle-même, la promesse de servir son pays d'une manière unique. Mais aussi la peur, l'incertitude, et ce sentiment persistant d'avoir vendu son âme.

Au fil des années, Élisabeth avait excellé dans son rôle. Elle était devenue l'agent parfait, capable d'influencer subtilement les plus hautes sphères du pouvoir. Sa rencontre avec Julien Marceau avait été calculée, planifiée dans les moindres détails. Mais ce qui n'avait pas été prévu, c'était qu'elle tombe réellement amoureuse de lui.

"L'ai-je vraiment trahi ?" se demanda-t-elle, repensant à tous les moments partagés avec Julien. Les rires, les projets, les rêves d'un avenir meilleur pour la France. Tout cela n'avait-il été qu'une mascarade ?

Élisabeth se servit un verre de vin, ses mains tremblant légèrement. Elle savait que les prochains jours seraient décisifs. La vérité, qu'elle avait si soigneusement cachée pendant des décennies, menaçait d'éclater au grand jour.

"Peut-être est-il temps..." murmura-t-elle, fixant son reflet dans le miroir.

Pour la première fois depuis longtemps, elle envisagea sérieusement de tout révéler. De libérer ce fardeau qui pesait sur ses épaules. Mais les conséquences seraient catastrophiques. Pas seulement pour elle, mais pour Julien, pour la présidence, pour la France tout entière.

Un bruit de pas dans le couloir la fit sursauter. La porte s'ouvrit doucement, révélant Julien. Son visage était marqué par la fatigue et l'inquiétude.

"Élisabeth," dit-il doucement, "nous devons parler."

Elle acquiesça lentement, sachant que ce moment était inévitable. Alors qu'elle s'apprêtait à affronter son mari, à peut-être tout lui révéler, Élisabeth sentit une détermination nouvelle naître en elle. Quelles que soient les conséquences, il était temps que la vérité éclate.

"Tu as raison, Julien," répondit-elle en prenant une profonde inspiration. "Il est temps que je te dise tout."

Dans la nuit parisienne, l'Élysée semblait retenir son souffle. Les révélations à venir allaient non seulement redéfinir leur relation, mais peut-être aussi changer le cours de l'histoire de France.

Chapitre 30 : Le poids du mensonge

La nuit était tombée sur Paris, enveloppant l'Élysée dans un silence pesant. Dans ses appartements privés, Élisabeth Marceau se tenait immobile devant la fenêtre, son regard perdu dans l'obscurité des jardins en contrebas. Le poids de ses secrets, qu'elle portait depuis si longtemps, lui semblait soudain insupportable.

Elle repensa au chemin parcouru depuis cette journée fatidique de 1983 où sa vie avait basculé. Claire Dubois, la jeune fille idéaliste qu'elle était alors, semblait si lointaine maintenant. Comme un rêve dont on peine à se souvenir au réveil.

"Ai-je vraiment fait les bons choix ?" murmura-t-elle pour elle-même, sa voix à peine audible dans le silence de la pièce.

Les derniers jours avaient été un tourbillon d'émotions et de révélations. L'enquête de cette journaliste, Léa Moreau, menaçait de faire s'écrouler le château de cartes qu'elle avait si méticuleusement construit au fil des années. Et Julien... son cher Julien, dont le regard autrefois empli d'amour et d'admiration n'exprimait plus que méfiance et incompréhension.

Élisabeth se dirigea vers son bureau et ouvrit un tiroir secret. Elle en sortit une vieille photo, jaunie par le temps. Une jeune Claire Dubois y souriait, entourée de ses parents devant leur maison aux volets bleus à Saint-Clair-sur-Epte. Une larme silencieuse coula sur sa joue.

"Qu'auriez-vous pensé de moi, maintenant ?" demanda-t-elle à l'image de ses parents disparus.

Elle se rappela les premiers jours de l'Opération Phénix. L'excitation de faire partie de quelque chose de plus grand qu'elle-même, la promesse de servir son pays d'une manière unique. Mais aussi la peur, l'incertitude, et ce sentiment persistant d'avoir vendu son âme.

Au fil des années, Élisabeth avait excellé dans son rôle. Elle était devenue l'agent parfait, capable d'influencer subtilement les plus hautes sphères du pouvoir. Sa rencontre avec Julien Marceau avait été calculée, planifiée dans les moindres détails. Mais ce qui n'avait pas été prévu, c'était qu'elle tombe réellement amoureuse de lui.

"L'ai-je vraiment trahi ?" se demanda-t-elle, repensant à tous les moments partagés avec Julien. Les rires, les projets, les rêves d'un avenir meilleur pour la France. Tout cela n'avait-il été qu'une mascarade ?

Élisabeth se servit un verre de vin, ses mains tremblant légèrement. Elle savait que les prochains jours seraient décisifs. La vérité, qu'elle avait si soigneusement cachée pendant des décennies, menaçait d'éclater au grand jour.

"Peut-être est-il temps..." murmura-t-elle, fixant son reflet dans le miroir.

Pour la première fois depuis longtemps, elle envisagea sérieusement de tout révéler. De libérer ce fardeau qui pesait sur ses épaules. Mais les conséquences seraient catastrophiques. Pas seulement pour elle, mais pour Julien, pour la présidence, pour la France tout entière.

Un bruit de pas dans le couloir la fit sursauter. La porte s'ouvrit doucement, révélant Julien. Son visage était marqué par la fatigue et l'inquiétude.

"Élisabeth," dit-il doucement, "nous devons parler."

Elle acquiesça lentement, sachant que ce moment était inévitable. Alors qu'elle s'apprêtait à affronter son mari, à peut-être tout lui révéler, Élisabeth sentit une détermination nouvelle naître en elle. Quelles que soient les conséquences, il était temps que la vérité éclate.

"Tu as raison, Julien," répondit-elle en prenant une profonde inspiration. "Il est temps que je te dise tout."

Dans la nuit parisienne, l'Élysée semblait retenir son souffle. Les révélations à venir allaient non seulement redéfinir leur relation, mais peut-être aussi changer le cours de l'histoire de France.

Chapitre 31 : La fuite en avant

Le soleil se levait à peine sur Paris lorsque Léa Moreau sortit précipitamment de son appartement, un sac de voyage à la main. Son cœur battait la chamade alors qu'elle jetait des regards nerveux autour d'elle, craignant à chaque instant de voir surgir les hommes qui l'avaient interceptée à Chambord.

Le précieux journal d'Élisabeth Marceau, caché au fond de son sac, semblait peser une tonne. Léa savait qu'elle détenait entre ses mains des informations explosives, capables de faire tomber non seulement la présidence Marceau, mais peut-être même d'ébranler les fondements de la République française.

Elle héla un taxi et donna une adresse au hasard, changeant plusieurs fois de direction en cours de route pour brouiller les pistes. Son téléphone, éteint depuis sa fuite du château, restait silencieux au fond de sa poche. Elle ne pouvait faire confiance à personne, pas même à ses collègues du Révélateur.

Alors que le taxi filait dans les rues encore endormies de la capitale, Léa repensa aux événements des dernières 24 heures. Sa découverte du journal à Chambord, l'intervention des hommes en noir, sa fuite précipitée... Tout s'était enchaîné si vite qu'elle avait à peine eu le temps de réfléchir.

Elle demanda au chauffeur de s'arrêter dans un quartier animé du 11ème arrondissement. Là, elle entra dans un café internet et, utilisant un ordinateur public, envoya un message crypté à Marc Lefort, son rédacteur en chef :

"Ai trouvé le Saint Graal. Trop dangereux pour rentrer. Vais me cacher. Ne me cherchez pas. Je reprendrai contact quand ce sera sûr."

Puis elle effaça soigneusement ses traces et quitta le café.

Pendant ce temps, à l'Élysée, c'était l'effervescence. Julien Marceau, le visage creusé par la fatigue et l'inquiétude, écoutait le rapport de Jean-Baptiste Rochat, le directeur de la DGSI.

"Monsieur le Président," disait Rochat d'une voix tendue, "la situation est critique. Le journal d'Élisabeth a disparu. Et nous avons de bonnes raisons de croire qu'il est en possession de cette journaliste, Léa Moreau."

Julien sentit son estomac se nouer. "Et que contient exactement ce journal, Rochat ? Qu'est-ce qui vous fait si peur ?"

Rochat hésita un instant. "Monsieur, ce journal contient des détails sur l'Opération Phénix que nous pensions avoir enterrés depuis longtemps. Des noms, des dates, des opérations secrètes... Si ces informations venaient à être rendues publiques, ce serait un désastre pour la sécurité nationale."

Le Président se leva brusquement, faisant les cent pas dans son bureau. "Et Élisabeth ? Où est-elle dans tout ça ?"

"Madame la Première Dame est... en sécurité," répondit Rochat avec précaution. "Nous avons jugé préférable de la mettre à l'abri le temps que nous résolvions cette crise."

Julien s'arrêta net, fixant Rochat d'un regard glacial. "Vous voulez dire que vous la retenez quelque part ? Sans mon autorisation ?"

Rochat ne cilla pas. "C'était une décision nécessaire, Monsieur le Président. Pour sa propre sécurité, et pour celle de l'État."

Pendant ce temps, Léa avait trouvé refuge dans un petit hôtel miteux de la banlieue parisienne. Dans sa chambre exiguë, rideaux tirés, elle commença enfin à lire le journal d'Élisabeth Marceau.

Les premières pages confirmaient ce qu'elle soupçonnait déjà : l'Opération Phénix était un programme secret visant à former des agents d'influence à long terme. Mais ce qui suivait dépassait ses pires craintes.

Élisabeth, ou plutôt Claire Dubois, décrivait en détail son recrutement, son entraînement, et les missions qu'on lui avait confiées. Elle parlait de manipulation psychologique, d'effacement de son ancienne identité, de la création méticuleuse d'un nouveau passé.

Mais ce qui frappa le plus Léa, c'était la lutte intérieure que Claire/Élisabeth semblait mener. Entre son devoir envers ceux qui l'avaient formée et ses propres convictions morales. Entre la femme qu'elle était censée être et celle qu'elle était vraiment.

Un passage en particulier attira son attention :

"10 octobre 2010 - Julien a annoncé sa candidature à la présidence. Il est si enthousiaste, si plein d'espoir pour l'avenir de la France. Et moi, je me sens comme une imposteure. Je l'aime, vraiment. Mais notre relation entière est basée sur un mensonge. Comment puis-je continuer à lui cacher la vérité ?"

Léa sentit son cœur se serrer. Pour la première fois, elle voyait Élisabeth Marceau non pas comme une manipulatrice froide et calculatrice, mais comme une femme prise au piège de circonstances qui la dépassaient.

Alors qu'elle continuait sa lecture, Léa réalisa que le journal contenait bien plus que des révélations personnelles. Il y avait des noms, des dates, des détails sur des opérations secrètes menées au plus haut niveau de l'État. Des informations qui, si elles étaient rendues publiques, pourraient faire tomber non seulement le gouvernement actuel, mais ébranler les fondements mêmes de la République.

Soudain, un bruit dans le couloir la fit sursauter. Des pas lourds se rapprochaient de sa chambre. Léa sentit la panique monter en elle. Avaient-ils réussi à la retrouver si vite ?

Dans un geste désespéré, elle arracha les dernières pages du journal et les cacha dans la doublure de sa veste. Puis elle prit une décision qui allait changer le cours de son enquête : elle ouvrit la fenêtre et sauta sur le toit voisin.

Alors qu'elle s'enfuyait dans la nuit parisienne, Léa Moreau savait qu'elle venait de franchir un point de non-retour. Elle était désormais une femme en fuite, pourchassée par des forces qu'elle ne comprenait pas entièrement, mais déterminée à révéler la vérité, quoi qu'il lui en coûte.

La fuite en avant ne faisait que commencer, et avec elle, une course contre la montre pour dévoiler les secrets les plus sombres de la République française.

Chapitre 32 : Les médias s'emballent

Le soleil se levait à peine sur Paris, mais les rédactions des grands journaux et chaînes d'information étaient déjà en ébullition. L'affaire Élisabeth Marceau avait pris une tournure explosive durant la nuit, suite à la publication par Le Révélateur d'extraits du mystérieux journal intime de la Première Dame.

Dans les locaux de BFM TV, les présentateurs et chroniqueurs se préparaient fébrilement pour une édition spéciale. Marie Lasserre, la présentatrice vedette de la matinale, relisait frénétiquement ses fiches tout en se faisant maquiller.

"On est sûrs de ces informations ?" demanda-t-elle à son rédacteur en chef qui passait en coup de vent.

"Aussi sûrs qu'on peut l'être," répondit-il. "Le Révélateur a publié des photos du journal. Ça a l'air authentique."

Sur le plateau, l'ambiance était électrique. Les invités - un constitutionnaliste, un ancien ministre et un expert en communication politique - débattaient déjà avec animation avant même le début de l'émission.

"C'est un scandale sans précédent !" s'exclama l'ancien ministre. "Si ces révélations sont avérées, c'est toute la légitimité de la présidence Marceau qui est remise en question."

Le constitutionnaliste tempéra : "Attendons d'avoir tous les éléments avant de tirer des conclusions hâtives. Le contexte juridique est complexe..."

"Le contexte juridique ?" coupa l'expert en communication. "C'est l'opinion publique qui va trancher, pas les tribunaux. Et je peux vous dire que l'image du couple présidentiel est en train de voler en éclats."

Pendant ce temps, dans les locaux du Figaro, la une du journal était en pleine refonte. Le rédacteur en chef, Paul Merlin, orchestrait le chaos avec une énergie fébrile.

"Je veux un décryptage complet du journal d'Élisabeth Marceau !" cria-t-il à ses journalistes. "Elodie, tu t'occupes de l'angle politique. Thomas, creuse sur cette fameuse Opération Phénix. Et quelqu'un peut me trouver un expert en graphologie ? Il faut qu'on authentifie cette écriture !"

Les doigts couraient sur les claviers, les téléphones sonnaient sans interruption. L'adrénaline du scoop faisait briller les yeux des journalistes.

Sur les ondes de France Inter, la matinale battait son plein. L'animateur, Nicolas Demorand, menait un entretien serré avec un porte-parole de l'Élysée visiblement mal à l'aise.

"Mais enfin," insistait Demorand, "comment expliquez-vous que la Première Dame ait pu mener une double vie pendant si longtemps sans que personne ne s'en aperçoive ?"

Le porte-parole bafouillait : "Je... nous ne pouvons pas commenter des allégations non vérifiées. Le Président fera une déclaration en temps voulu..."

"En temps voulu ?" coupa Demorand. "Mais c'est maintenant que les Français attendent des réponses !"

Sur les réseaux sociaux, c'était l'embrasement total. Les hashtags #ÉlisabethGate et #PremièreDameEspionne étaient en tête des trending topics. Les théories les plus folles se répandaient à la vitesse de l'éclair, mélangeant faits avérés et spéculations les plus extravagantes.

Dans les rues de Paris, les kiosques à journaux étaient pris d'assaut. Les gens s'arrachaient les éditions du jour, commentant avec animation les gros titres.

"Tu te rends compte ?" s'exclamait une femme à son amie. "Notre Première Dame, une espionne ! On se croirait dans un film !"

"Moi, je dis que c'est un coup monté," répliquait un homme en costume. "C'est l'opposition qui cherche à déstabiliser le Président."

Même les chaînes étrangères s'emparaient de l'affaire. CNN, la BBC, Al Jazeera... tous envoyaient des correspondants à Paris pour couvrir ce qui s'annonçait comme le plus grand scandale politique français depuis des décennies.

À l'Élysée, l'ambiance était au siège. Les conseillers en communication du Président tentaient désespérément de contenir l'incendie médiatique, mais chaque démenti semblait jeter de l'huile sur le feu.

Pierre Dumas, le visage creusé par la fatigue, tentait de convaincre le Président de faire une déclaration.

"Il faut que vous preniez la parole, Monsieur," insistait-il. "Votre silence ne fait qu'alimenter les spéculations."

Julien Marceau, les traits tirés, fixait l'écran de télévision qui diffusait en boucle les derniers rebondissements de l'affaire. "Et que voulez-vous que je dise, Pierre ? Que ma femme m'a menti pendant toutes ces années ? Que je ne sais même pas qui elle est vraiment ?"

Dans un coin de la pièce, Élisabeth Marceau restait silencieuse, son visage un masque d'impassibilité. Mais dans ses yeux, une lueur de détermination brillait. Elle savait que le moment de vérité approchait, et elle s'y préparait depuis des années.

Alors que la journée avançait, l'emballement médiatique ne faisait que croître. Chaque heure apportait son lot de nouvelles révélations, de témoignages, d'analyses. La France entière semblait suspendue à cette histoire, dans l'attente fébrile du prochain rebondissement.

Dans les rédactions, les journalistes savaient qu'ils vivaient un moment historique. L'affaire Élisabeth Marceau allait marquer un tournant, non seulement pour la présidence en cours, mais peut-être pour toute la Ve République.

Et au cœur de cette tempête médiatique, Léa Moreau, la journaliste à l'origine de toutes ces révélations, se préparait à livrer son article le plus important. Elle savait que ses prochains mots pourraient changer le destin de la nation.

La nuit tombait sur Paris, mais les lumières des rédactions restaient allumées. L'affaire Élisabeth Marceau ne faisait que commencer, et personne ne pouvait prédire où elle mènerait le pays.

Chapitre 33 : L'opposition à l'affût

Le soleil se levait à peine sur Paris, mais dans les locaux du parti d'opposition, l'effervescence régnait déjà. Antoine Lefebvre, chef de file de l'opposition et éternel rival politique de Julien Marceau, était en pleine réunion de crise avec ses plus proches conseillers.

"C'est l'occasion que nous attendions depuis des années," déclara Lefebvre, ses yeux brillant d'une lueur prédatrice. "Le scandale Marceau est en train de prendre des proportions inimaginables. Nous devons frapper vite et fort."

Autour de la table, les visages étaient tendus mais déterminés. Chacun sentait que les révélations sur le passé trouble d'Élisabeth Marceau pouvaient être le levier qui ferait basculer le pouvoir en leur faveur.

"Nos équipes ont épluché chaque article, chaque rumeur," intervint Sophie Dumas, stratège en chef du parti. "Il y a suffisamment d'éléments pour exiger une commission d'enquête parlementaire. Si nous jouons bien nos cartes, nous pourrions même pousser à une motion de censure."

Lefebvre hocha la tête, un sourire satisfait aux lèvres. "Excellent. Préparez un dossier complet. Je veux une conférence de presse dès cet après-midi. Il est temps de montrer aux Français que nous sommes la seule alternative crédible face à un gouvernement qui leur ment depuis des années."

Alors que la réunion se poursuivait, détaillant la stratégie médiatique et politique à adopter, un jeune assistant fit irruption dans la pièce, le souffle court.

"Monsieur Lefebvre," haleta-t-il, "vous devez voir ça immédiatement."

Il alluma la télévision accrochée au mur. Sur l'écran, le visage grave d'une présentatrice annonçait une nouvelle bouleversante : "Nous venons d'apprendre qu'une journaliste d'investigation, Léa Moreau, aurait été arrêtée hier soir au château de Chambord. Selon nos sources, elle serait en possession de documents compromettants concernant la Première Dame, Élisabeth Marceau."

Un silence stupéfait s'abattit sur la salle. Puis, lentement, Lefebvre se leva, son visage trahissant un mélange d'excitation et de calcul.

"C'est encore mieux que ce que nous espérions," murmura-t-il. "Une journaliste arrêtée alors qu'elle enquête sur la Première Dame ? C'est un scandale dans le scandale. Une atteinte à la liberté de la presse !"

Il se tourna vers son équipe, l'énergie irradiant de chacun de ses gestes. "Changement de plan. Je veux une déclaration immédiate condamnant cette arrestation. Nous allons nous positionner comme les défenseurs de la vérité et de la liberté d'expression. Contactez tous nos alliés dans les médias. Il faut que cette affaire soit sur toutes les chaînes, dans tous les journaux."

Alors que ses conseillers s'activaient frénétiquement, Lefebvre s'approcha de la fenêtre, observant la ville qui s'éveillait. Il sentait que le vent était en train de tourner. Après des années passées dans l'ombre de Julien Marceau, son heure était peut-être enfin venue.

Dans les jours qui suivirent, l'opposition mena une offensive médiatique sans précédent. Chaque interview, chaque communiqué de presse était soigneusement orchestré pour enfoncer un peu plus le clou dans le cercueil politique de la présidence Marceau.

Lefebvre multipliait les apparitions télévisées, jonglant habilement entre indignation vertueuse face aux secrets d'État et compassion feinte pour le couple présidentiel. "Ce n'est pas seulement une question de mensonge," déclarait-il avec gravité lors d'un débat télévisé. "C'est une question de confiance. Comment les Français peuvent-ils avoir confiance en un président qui ne connaît même pas le véritable passé de sa propre épouse ?"

En coulisses, l'opposition travaillait d'arrache-pied pour exploiter chaque faille, chaque rumeur. Des équipes entières étaient mobilisées pour éplucher le passé d'Élisabeth Marceau, cherchant le moindre indice qui pourrait corroborer les allégations sur son implication dans l'Opération Phénix.

Un soir, alors que Lefebvre s'apprêtait à quitter son bureau, il reçut un appel d'un numéro inconnu. La voix à l'autre bout du fil était celle d'un homme âgé, tremblante mais déterminée.

"Monsieur Lefebvre ? Je m'appelle André Lemaire. J'ai connu Claire Dubois... Élisabeth Marceau, quand elle était jeune. J'ai des informations qui pourraient vous intéresser."

Le cœur de Lefebvre s'accéléra. C'était peut-être la pièce manquante du puzzle, le témoignage qui ferait tout basculer. Il arrangea rapidement une rencontre discrète pour le lendemain.

Cependant, alors que l'opposition semblait avoir le vent en poupe, certains membres du parti commençaient à s'inquiéter de l'ampleur que prenait l'affaire. Lors d'une réunion à huis clos, Marie Durand, une députée respectée, osa exprimer ses réserves.

"Antoine," dit-elle, "je comprends l'opportunité politique que représente ce scandale. Mais ne risquons-nous pas d'aller trop loin ? Si nous poussons Marceau dans ses retranchements, qui sait quelles révélations pourraient émerger ? Des révélations qui pourraient déstabiliser non seulement le gouvernement, mais l'État tout entier."

Lefebvre balaya ses inquiétudes d'un geste de la main. "Ma chère Marie, en politique, il faut savoir saisir sa chance quand elle se présente. Nous sommes à deux doigts de renverser Marceau. Ce n'est pas le moment d'avoir des scrupules."

Pourtant, les mots de Marie Durand résonnèrent dans son esprit alors qu'il quittait la réunion. Et si l'affaire Marceau n'était que la partie émergée d'un iceberg bien plus vaste et dangereux ? Était-il prêt à assumer les conséquences d'une victoire à tout prix ?

Alors que la nuit tombait sur Paris, Antoine Lefebvre, leader de l'opposition, se trouvait face à un dilemme moral qu'il n'avait pas anticipé. La chasse au pouvoir qui l'animait depuis si longtemps était-elle en train de l'aveugler sur les véritables enjeux de cette crise ?

Dans son bureau plongé dans la pénombre, il contemplait la ville illuminée, conscient que les jours à venir allaient non seulement décider du sort de la présidence Marceau, mais peut-être aussi de l'avenir de la République française tout entière. L'opposition était à l'affût, prête à bondir. Mais vers quel destin ?

Chapitre 34 : Des alliés qui vacillent

Le soleil se levait à peine sur Paris, mais dans les couloirs de l'Assemblée nationale, l'agitation était déjà à son comble. Les révélations sur le passé trouble d'Élisabeth Marceau avaient créé une onde de choc dans le monde politique, et les alliés du Président Julien Marceau commençaient à montrer des signes de faiblesse.

Dans son bureau, Antoine Lefebvre, le chef de file du principal parti soutenant le gouvernement, était en pleine discussion houleuse avec ses principaux lieutenants.

"Nous ne pouvons pas continuer à soutenir aveuglément Marceau," argumentait l'un d'eux. "Cette affaire est en train de nous coûter la confiance de nos électeurs."

Lefebvre, les traits tirés par le manque de sommeil, passa une main lasse sur son visage. "Je comprends vos inquiétudes, mais nous devons rester unis. Un abandon précipité pourrait être perçu comme une trahison."

"Une trahison ?" s'exclama un autre député. "Et que dire du mensonge d'État dans lequel nous sommes tous empêtrés ? Si ces allégations sur l'Opération Phénix sont vraies, c'est toute la légitimité de cette présidence qui est remise en question !"

Le débat s'enflamma, chacun y allant de son argument. Certains plaidaient pour la loyauté, d'autres pour la distanciation immédiate. Au milieu de ce tumulte, Lefebvre sentait que le sol se dérobait sous ses pieds. Il savait que chaque heure qui passait sans explications claires de l'Élysée ne faisait qu'aggraver la situation.

Pendant ce temps, à l'autre bout de la ville, Sophie Dumas, une figure montante du parti présidentiel, recevait des appels incessants de militants inquiets. Les permanences locales étaient assaillies de demandes d'explications, et les réseaux sociaux s'enflammaient de théories conspirationnistes.

"Comment sommes-nous censés défendre une position quand nous-mêmes ne savons pas la vérité ?" se lamentait un responsable local au téléphone.

Sophie, tout en essayant de rassurer ses troupes, sentait elle aussi le doute s'insinuer. Elle avait misé sa carrière sur son soutien à Julien Marceau, convaincue par sa vision d'une France moderne et progressiste. Mais aujourd'hui, elle se demandait si elle n'avait pas été aveuglée par son ambition.

Dans l'après-midi, une réunion d'urgence fut convoquée à l'Élysée. Les principaux soutiens du Président, ministres, députés et sénateurs, se retrouvèrent dans une atmosphère lourde de non-dits et de suspicions.

Julien Marceau, visiblement éprouvé, prit la parole : "Je comprends vos inquiétudes et vos doutes. Je les partage. Mais je vous demande de garder votre confiance. Nous traversons une tempête, mais nous en sortirons plus forts."

Ses mots, qui autrefois auraient galvanisé ses troupes, tombèrent à plat. Dans l'assistance, les regards fuyants et les chuchotements trahissaient un malaise grandissant.

Pierre Dumas, le fidèle conseiller du Président, observait la scène avec un mélange de tristesse et de résignation. Il savait que le cercle de confiance autour de Julien Marceau se rétrécissait dangereusement.

À la sortie de la réunion, les commentaires allaient bon train. "Il nous cache quelque chose," murmurait un ministre à son collègue. "Comment pouvons-nous le défendre si nous ne connaissons pas toute l'histoire ?"

Le soir venu, les plateaux de télévision s'enflammaient. Sur BFM TV, un débat houleux opposait partisans et opposants du gouvernement. Marie Leclerc, une députée jusque-là fervente supportrice de Marceau, surprit tout le monde en déclarant : "Nous avons besoin de réponses claires et rapides. Sans cela, il sera difficile de maintenir notre soutien."

Cette défection d'une alliée de la première heure fit l'effet d'une bombe dans les cercles politiques. Les téléphones chauffaient, les stratèges s'agitaient, cherchant désespérément une façon de colmater les brèches.

Tard dans la nuit, Julien Marceau, seul dans son bureau, fixait les lumières de Paris. Il sentait le pouvoir lui échapper, ses alliés vaciller un à un. Pour la première fois depuis le début de cette crise, il envisagea sérieusement la possibilité d'une démission.

À l'autre bout de la ville, Léa Moreau, la journaliste à l'origine de toute cette affaire, recevait un message cryptique : "La vérité est sur le point d'éclater. Soyez prête."

Le lendemain s'annonçait crucial. Les alliés du Président, ébranlés et divisés, allaient devoir choisir leur camp. Et ce choix pourrait bien sceller le destin de la présidence Marceau.

Chapitre 35 : La trahison de Pierre Dumas

Le soleil se levait à peine sur Paris, baignant l'Élysée d'une lumière blafarde. Pierre Dumas, conseiller le plus proche du Président Julien Marceau, n'avait pas fermé l'œil de la nuit. Assis dans son bureau, il fixait le dossier posé devant lui, son visage marqué par le poids des secrets qu'il portait depuis trop longtemps.

Après des années de loyauté indéfectible envers Julien Marceau, Pierre sentait que le moment était venu de faire un choix. Un choix qui pourrait bien sceller non seulement son destin, mais aussi celui de la présidence et peut-être même de la République toute entière.

Il repensa aux événements des derniers jours, à la spirale infernale dans laquelle le scandale Élisabeth Marceau avait plongé le gouvernement. Les alliés qui vacillaient, l'opposition qui se déchaînait, et au milieu de tout cela, Julien Marceau qui semblait de plus en plus isolé et dépassé.

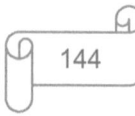

Pierre savait des choses. Des choses qui pourraient tout changer. Des informations sur l'Opération Phénix, sur le véritable passé d'Élisabeth, sur les manipulations en coulisses qui avaient jalonné l'ascension politique de Julien. Des secrets qu'il avait gardés par loyauté, par ambition aussi peut-être.

Mais aujourd'hui, alors que tout menaçait de s'effondrer, Pierre Dumas se demandait si son silence n'était pas devenu une forme de trahison envers le pays qu'il avait juré de servir.

D'une main tremblante, il saisit son téléphone et composa un numéro qu'il n'aurait jamais pensé utiliser. Après quelques sonneries, une voix féminine répondit :

"Léa Moreau à l'appareil."

Pierre prit une profonde inspiration. "Mademoiselle Moreau, ici Pierre Dumas. J'ai des informations qui pourraient vous intéresser sur l'affaire Marceau."

Un silence stupéfait s'installa à l'autre bout de la ligne, rapidement rompu par la voix de la journaliste, mêlant excitation et méfiance : "Monsieur Dumas ? Je... je vous écoute."

"Pas au téléphone," répondit Pierre. "Retrouvez-moi dans une heure au jardin des Tuileries, près de la fontaine centrale. Venez seule."

Alors qu'il raccrochait, Pierre sentit le poids de sa décision peser sur ses épaules. Il venait de franchir le Rubicon. Il n'y aurait pas de retour en arrière possible.

Une heure plus tard, dans l'air frais du matin parisien, Pierre Dumas faisait les cent pas près de la fontaine des Tuileries. Chaque bruit le faisait sursauter, chaque passant lui semblait être un potentiel agent des services secrets venu l'arrêter.

Enfin, il aperçut Léa Moreau qui s'approchait, l'air tout aussi nerveux que lui.

"Monsieur Dumas," dit-elle à voix basse en arrivant à sa hauteur. "J'avoue que votre appel m'a surprise."

Pierre regarda autour de lui une dernière fois avant de plonger son regard dans celui de la journaliste. "Mademoiselle Moreau, ce que je m'apprête à vous révéler va changer le cours de l'histoire de notre pays. Êtes-vous prête à assumer les conséquences de ces révélations ?"

Léa hocha gravement la tête. "Je suis prête. La vérité doit éclater, quelles qu'en soient les conséquences."

Pendant les deux heures qui suivirent, Pierre Dumas dévoila tout. L'Opération Phénix dans ses moindres détails, le recrutement d'Élisabeth, son rôle dans l'ascension de Julien, les manipulations en coulisses, les pressions exercées par les services secrets... Rien ne fut épargné.

Léa écoutait, prenait des notes frénétiquement, posait des questions précises. Elle réalisait l'ampleur de ce qu'elle était en train de découvrir, et la responsabilité immense qui allait peser sur ses épaules.

À la fin de leur entretien, Pierre lui remit une clé USB. "Voici toutes les preuves. Emails, rapports confidentiels, enregistrements... Tout est là."

Alors qu'ils se séparaient, Pierre sentit un mélange de soulagement et d'appréhension l'envahir. Il venait de trahir la confiance de l'homme qu'il avait servi pendant des années. Mais il avait aussi, peut-être, sauvé la République d'un mensonge qui la rongeait de l'intérieur.

De retour à l'Élysée, Pierre Dumas se dirigea d'un pas décidé vers le bureau présidentiel. Il était temps d'affronter Julien Marceau, de lui dire en face ce qu'il venait de faire.

Alors qu'il s'apprêtait à frapper à la porte, son téléphone vibra. Un message de Léa Moreau : "C'est fait. L'article sera publié demain à la une du Révélateur. Que Dieu nous garde."

Pierre Dumas prit une profonde inspiration et frappa à la porte. Derrière ce panneau de bois se jouait l'avenir de la présidence Marceau, et peut-être même celui de la France. La trahison était consommée. Restait à en assumer les conséquences.

Chapitre 36 : Un chantage au sommet

Le soleil se levait à peine sur Paris, baignant l'Élysée d'une lumière blafarde. Dans son bureau, le Président Julien Marceau fixait d'un air absent les jardins en contrebas. Les derniers jours avaient été un tourbillon de révélations et de doutes, ébranlant les fondations mêmes de sa présidence.

Soudain, la porte s'ouvrit brusquement. Pierre Dumas, son plus proche conseiller, entra, le visage grave.

"Monsieur le Président, nous avons un problème."

Julien se retourna lentement. "Quel genre de problème, Pierre ?"

Dumas hésita un instant avant de répondre. "Jean-Baptiste Rochat, le directeur de la DGSI. Il... il menace de tout révéler sur l'Opération Phénix et le passé d'Élisabeth si nous ne cédons pas à ses exigences."

Le Président sentit son sang se glacer. "Ses exigences ?"

"Il veut le contrôle total sur certains dossiers sensibles. Et... il demande la démission de trois ministres qu'il considère comme des obstacles."

Julien s'effondra dans son fauteuil, le poids de la situation l'écrasant soudainement. "C'est du chantage pur et simple. Comment ose-t-il ?"

"Il prétend agir dans l'intérêt supérieur de l'État," expliqua Dumas, mal à l'aise. "Mais c'est clairement une prise de pouvoir."

Le Président se leva brusquement, faisant les cent pas dans son bureau. "Et si nous refusons ?"

"Alors il menace de tout divulguer à la presse. Le passé d'Élisabeth, votre implication présumée, tout."

Un silence pesant s'installa dans la pièce. Julien sentait le piège se refermer autour de lui. Céder au chantage de Rochat signifierait perdre le contrôle de sa présidence. Refuser pourrait entraîner sa chute et celle de tout son gouvernement.

"Nous devons contacter Élisabeth," dit-il finalement. "Elle doit savoir ce qui se passe."

Mais au moment où Dumas s'apprêtait à sortir, la porte s'ouvrit à nouveau. Élisabeth Marceau entra, le visage pâle mais déterminé.

"J'ai tout entendu," dit-elle doucement. "Julien, il est temps que tu saches toute la vérité."

Pendant l'heure qui suivit, Élisabeth révéla tout à son mari. Son recrutement par l'Opération Phénix, ses années de formation, sa mission d'infiltration au plus haut sommet de l'État. Julien l'écouta en silence, son visage passant de la stupéfaction à la colère, puis à une profonde tristesse.

"Pourquoi ne m'as-tu rien dit avant ?" demanda-t-il finalement, la voix brisée.

"Pour te protéger," répondit Élisabeth. "Et parce que j'avais peur de te perdre. Mais maintenant, nous n'avons plus le choix. Nous devons faire face ensemble."

Julien se tourna vers Dumas. "Contactez Rochat. Dites-lui que nous voulons le rencontrer. Ici, à l'Élysée. Ce soir."

La nuit était tombée sur Paris lorsque Jean-Baptiste Rochat fut introduit dans le bureau présidentiel. Son assurance habituelle semblait légèrement ébranlée face au couple présidentiel uni.

"Monsieur Rochat," commença Julien d'une voix glaciale. "Vous pensiez pouvoir nous faire chanter. Mais vous avez commis une grave erreur."

Rochat fronça les sourcils. "Je ne fais que protéger les intérêts de l'État, Monsieur le Président."

"Non," coupa Élisabeth. "Vous essayez de prendre le pouvoir. Mais vous avez oublié une chose : je connais tous les secrets de l'Opération Phénix. Y compris ceux qui vous concernent, Rochat."

Le visage du directeur de la DGSI pâlit visiblement. "Vous... vous bluffez."

"Vraiment ?" sourit froidement Élisabeth. "Voulez-vous que je parle de l'opération de 1992 en Afrique ? Ou peut-être des fonds détournés en 1998 ?"

Rochat s'effondra dans un fauteuil, soudain vieilli de dix ans. "Que voulez-vous ?"

"Votre démission," répondit fermement Julien. "Immédiate et sans conditions. En échange, nous garderons le silence sur vos... indiscrétions."

Le lendemain matin, la démission surprise de Jean-Baptiste Rochat faisait la une de tous les journaux. Dans les couloirs de l'Élysée, les rumeurs allaient bon train, mais personne ne connaissait la véritable raison de ce départ précipité.

Dans leur chambre, Julien et Élisabeth se préparaient à affronter une nouvelle journée. Leur relation avait été ébranlée, mais aussi renforcée par les épreuves traversées.

"Que fait-on maintenant ?" demanda Julien en ajustant sa cravate.

Élisabeth s'approcha de lui, posant une main sur son épaule. "Nous gouvernons, mon amour. Ensemble. Sans secrets cette fois."

Alors qu'ils quittaient leurs appartements pour faire face à leurs responsabilités, le couple présidentiel savait que de nombreux défis les attendaient encore. Mais pour la première fois depuis longtemps, ils étaient vraiment unis, prêts à affronter ensemble les tempêtes à venir.

Chapitre 37 : L'ultimatum de Rochat

Le soleil se couchait sur Paris, baignant l'Élysée d'une lueur orangée. Dans son bureau, le Président Julien Marceau fixait d'un air absent la Tour Eiffel au loin. Le téléphone posé devant lui semblait le narguer, attendant l'appel qui allait peut-être sceller son destin.

À 21h précises, la sonnerie retentit. Julien décrocha, la gorge serrée.

"Monsieur le Président," la voix de Jean-Baptiste Rochat, directeur de la DGSI, était froide et déterminée. "J'espère que vous avez bien réfléchi à notre conversation d'hier."

Julien serra les poings. "Rochat, ce que vous faites s'apparente à un coup d'État."

Un rire sec résonna à l'autre bout du fil. "Appelez ça comme vous voulez. Mais vous savez aussi bien que moi que vous n'avez pas le choix."

Le Président ferma les yeux, sentant le poids du monde sur ses épaules. "Répétez-moi vos exigences."

"C'est simple," répondit Rochat. "Premièrement, je veux le contrôle total sur les opérations extérieures. Deuxièmement, les ministres de l'Intérieur, de la Justice et des Affaires étrangères doivent démissionner. Je choisirai leurs remplaçants. Troisièmement, l'Opération Phénix doit être réactivée, sous ma supervision exclusive."

Julien sentit la nausée monter en lui. "Et si je refuse ?"

"Alors demain matin, tous les médias du pays recevront un dossier complet sur le passé d'Élisabeth, votre implication, et tous les détails de l'Opération Phénix. Votre présidence ne survivra pas à ce scandale, Monsieur Marceau."

Un silence pesant s'installa. Julien savait qu'il était pris au piège. Céder aux exigences de Rochat revenait à lui abandonner les rênes du pouvoir. Refuser signifiait la fin de sa carrière politique et peut-être même pire.

"Combien de temps me donnez-vous ?" demanda-t-il finalement.

"Jusqu'à minuit," répondit Rochat. "Pas une minute de plus."

La communication coupa, laissant Julien seul face à l'ampleur de la situation. Il se leva lentement et se dirigea vers les appartements privés où l'attendait Élisabeth.

Sa femme, assise sur le canapé, leva les yeux à son entrée. Elle n'eut pas besoin de mots pour comprendre.

"C'était Rochat, n'est-ce pas ?" demanda-t-elle doucement.

Julien acquiesça, s'effondrant à côté d'elle. "Il nous tient, Élisabeth. Il a tout : ton passé, l'Opération Phénix, mon implication... Si nous refusons ses exigences, tout sera révélé demain matin."

Élisabeth prit sa main dans la sienne. "Et si nous acceptions ?"

"Ce serait la fin de ma présidence, de tout ce pour quoi nous avons travaillé. Rochat aurait le contrôle total. Ce serait un coup d'État silencieux."

Un silence lourd s'installa entre eux. Puis, lentement, Élisabeth se leva.

"Il y a peut-être une autre solution," dit-elle, une lueur déterminée dans les yeux. "Mais elle est risquée, et nous n'aurons qu'une seule chance."

Pendant l'heure qui suivit, le couple présidentiel élabora un plan audacieux. Des appels furent passés, des ordres donnés dans le plus grand secret.

À 23h45, Julien rappela Rochat.

"J'accepte vos conditions," dit-il d'une voix défaite.

Rochat ne put cacher sa satisfaction. "Une sage décision, Monsieur le Président. Je serai à l'Élysée dans une heure pour finaliser les détails."

Dès que la communication fut coupée, Julien se tourna vers Élisabeth. "C'est fait. Maintenant, tout dépend de ton contact."

Élisabeth hocha la tête, le visage tendu. "Il ne nous reste plus qu'à attendre."

L'heure qui suivit fut la plus longue de leur vie. Chaque bruit les faisait sursauter, chaque minute semblait s'étirer à l'infini.

À 1h du matin précises, des coups frappés à la porte les firent bondir. Pierre Dumas, le conseiller de Julien, entra, le visage grave.

"C'est fait," annonça-t-il simplement.

Au même moment, le téléphone de Julien vibra. Un message de Léa Moreau : "Mission accomplie. Tous les documents sont sécurisés. Rochat n'a plus rien."

Le couple présidentiel échangea un regard où se mêlaient soulagement et appréhension. Leur pari risqué avait fonctionné. En utilisant les contacts d'Élisabeth au sein de l'ancien réseau de l'Opération Phénix, ils avaient réussi à récupérer et sécuriser tous les documents compromettants que détenait Rochat.

Quelques minutes plus tard, Jean-Baptiste Rochat fut introduit dans le bureau présidentiel. Son assurance habituelle avait laissé place à une nervosité palpable.

"Bonsoir, Monsieur Rochat," l'accueillit Julien, un léger sourire aux lèvres. "Je crains que nous ayons un léger changement de programme."

Le visage de Rochat se décomposa lorsqu'il réalisa que son plan avait échoué. En l'espace d'une nuit, il était passé de potentiel maître de l'ombre à un homme acculé, sans aucun moyen de pression.

"Voici ce qui va se passer," continua Julien d'une voix ferme. "Vous allez démissionner, immédiatement. Vous quitterez la France dans les 24 heures. Et vous ne reviendrez jamais sur le devant de la scène politique. En échange, nous garderons le silence sur vos... activités passées."

Rochat, vaincu, n'eut d'autre choix que d'acquiescer.

Alors que l'aube se levait sur Paris, Julien et Élisabeth Marceau regardaient la ville s'éveiller depuis le balcon de l'Élysée. Ils avaient survécu à la nuit la plus longue de leur vie, déjoué un complot qui aurait pu renverser la République.

"Que fait-on maintenant ?" demanda Élisabeth, serrant la main de son mari.

Julien prit une profonde inspiration. "Maintenant, nous gouvernons. Avec honnêteté, transparence, et en gardant toujours à l'esprit la confiance que le peuple a placée en nous."

Alors que le soleil montait dans le ciel, illuminant la capitale, le couple présidentiel savait que de nombreux défis les attendaient encore. Mais pour la première fois depuis longtemps, ils étaient vraiment unis, prêts à affronter ensemble l'avenir incertain qui se dessinait devant eux.

Chapitre 38 : La décision du Président

Le soleil se levait à peine sur Paris, baignant l'Élysée d'une lumière blafarde. Dans son bureau, le Président Julien Marceau n'avait pas fermé l'œil de la nuit. Les cernes sous ses yeux et sa barbe de trois jours trahissaient l'épuisement et le stress accumulés ces dernières semaines. Devant lui, étalés sur son bureau, se trouvaient les journaux du matin, tous titrant sur le scandale qui menaçait de faire s'effondrer sa présidence.

"La double vie d'Élisabeth Marceau : le mystère s'épaissit", "Opération Phénix : jusqu'où va le mensonge ?", "La présidence Marceau au bord du gouffre"... Chaque titre était comme un coup de poignard pour Julien.

Pierre Dumas, son fidèle conseiller, entra dans le bureau, l'air grave. "Monsieur le Président, nous devons prendre une décision. Et vite."

Julien leva les yeux vers lui, son regard trahissant un mélange de détermination et de désespoir. "Je sais, Pierre. Mais quelle décision ? Comment puis-je choisir entre mon pays et ma femme ?"

Dumas s'assit en face de lui, pesant soigneusement ses mots. "Les services de renseignement exercent une pression énorme. Ils veulent que nous étouffions l'affaire, que nous nions tout en bloc. Mais..."

"Mais ce serait mentir au peuple français," termina Julien, sa voix à peine audible.

Un silence pesant s'installa dans la pièce. Dehors, on pouvait entendre le brouhaha des journalistes massés devant les grilles de l'Élysée, attendant une déclaration, une explication, n'importe quoi qui pourrait éclaircir le mystère entourant la Première Dame.

Julien se leva brusquement, faisant les cent pas dans son bureau. "J'ai bâti ma carrière sur l'honnêteté, la transparence. Comment puis-je maintenant me retrancher derrière des mensonges ?"

Dumas le regardait, conscient du dilemme cornélien auquel son Président faisait face. "Monsieur, peut-être devrions-nous parler à Élisabeth une dernière fois. Lui donner une chance de s'expliquer, de nous dire toute la vérité."

Julien s'arrêta net, fixant son conseiller. "Et si la vérité est pire que ce que nous imaginons, Pierre ? Si Élisabeth a vraiment été... une sorte d'agent dormant placé à mes côtés ? Comment pourrais-je continuer à gouverner en sachant cela ?"

À cet instant, la porte s'ouvrit doucement. Élisabeth Marceau entra, le visage pâle mais déterminé. "Tu n'auras pas à le faire, Julien," dit-elle d'une voix calme.

Les deux hommes se tournèrent vers elle, surpris par son apparition soudaine.

"Élisabeth..." commença Julien, mais elle l'interrompit d'un geste.

"J'ai pris ma décision," poursuivit-elle. "Je vais dire la vérité. Toute la vérité. Lors d'une conférence de presse, devant la France entière."

Dumas bondit de sa chaise. "Madame, c'est de la folie ! Vous ne pouvez pas..."

"Si, je le peux," coupa Élisabeth. "Et je le dois. Pour Julien, pour la France, et pour moi-même. J'ai vécu trop longtemps dans le mensonge. Il est temps que cela cesse."

Julien s'approcha de sa femme, la regardant comme s'il la voyait pour la première fois. "Tu es sûre de toi ?"

Élisabeth acquiesça. "Oui. Quelles que soient les conséquences, le peuple français mérite de connaître la vérité. Sur l'Opération Phénix, sur mon passé, sur tout."

Un long moment de silence s'installa, lourd de non-dits et d'émotions contenues. Puis, lentement, Julien hocha la tête. "D'accord," dit-il doucement. "Nous le ferons ensemble."

Dumas les regardait, partagé entre admiration et inquiétude. "Monsieur le Président, Madame, vous réalisez que cela pourrait signifier la fin de votre mandat ? Peut-être même des poursuites judiciaires ?"

Julien se tourna vers son conseiller, une lueur de détermination dans les yeux. "Oui, Pierre. Mais c'est le prix à payer pour l'intégrité. Pour la vérité."

Les heures qui suivirent furent un tourbillon d'activité. L'Élysée tout entier se mobilisa pour organiser une conférence de presse d'urgence.

Les conseillers en communication s'arrachaient les cheveux, tentant désespérément de préparer une stratégie pour gérer les retombées de ce qui s'annonçait comme la plus grande révélation politique de l'histoire récente de la France.

Pendant ce temps, dans l'intimité de leurs appartements privés, Julien et Élisabeth avaient une conversation longtemps repoussée. Pour la première fois depuis des années, Élisabeth se livrait entièrement, racontant à son mari les détails de son recrutement, de sa formation, de sa mission.

"Je suis tombée amoureuse de toi, Julien," dit-elle, les larmes aux yeux. "Ça, ce n'était pas prévu dans le plan. Mais c'est arrivé, et c'est la chose la plus vraie, la plus pure que j'ai jamais vécue."

Julien l'écoutait, son cœur partagé entre l'amour qu'il ressentait pour cette femme et la douleur de la trahison.

À 20h précises, le couple présidentiel se présenta devant les caméras du monde entier. La tension était palpable, les journalistes au bord de leur siège, prêts à capturer chaque mot de ce qui s'annonçait comme un moment historique.

Julien prit la parole en premier. "Mes chers compatriotes," commença-t-il, sa voix légèrement tremblante mais déterminée. "Ce soir, nous venons à vous avec la vérité. Une vérité qui pourrait choquer, qui pourrait ébranler votre confiance. Mais une vérité que vous méritez de connaître."

Il se tourna vers Élisabeth, lui cédant la parole. Elle s'avança, droite et digne malgré le poids des révélations qu'elle s'apprêtait à faire.

"Je m'appelle Élisabeth Marceau," dit-elle, "mais je suis née Claire Dubois. Et voici mon histoire..."

Alors qu'Élisabeth commençait son récit, dévoilant les secrets longtemps enfouis de l'Opération Phénix, Julien restait à ses côtés, lui tenant la main. Il savait que cette décision changerait à jamais le cours de leur vie, de sa présidence, peut-être même de l'histoire de France. Mais pour la première fois depuis des semaines, il se sentait en paix avec lui-même.

La vérité, aussi douloureuse soit-elle, était enfin en train d'éclater. Et quelles que soient les conséquences, Julien Marceau savait qu'il avait pris la bonne décision. La décision d'un président, mais aussi celle d'un homme intègre face à l'adversité.

Chapitre 39 : L'isolement d'Élisabeth

Le soleil se levait à peine sur Paris, baignant l'Élysée d'une lumière blafarde. Dans ses appartements privés, Élisabeth Marceau se tenait immobile devant la fenêtre, son regard perdu dans le vide. Les derniers jours avaient été un tourbillon de révélations et d'accusations, et la Première Dame de France se sentait plus seule que jamais.

Le palais présidentiel, autrefois un lieu de pouvoir et de prestige, était devenu pour elle une prison dorée. Les regards suspicieux des employés, les chuchotements qui cessaient à son approche, le silence pesant qui s'installait dès qu'elle entrait dans une pièce - tout cela pesait lourdement sur ses épaules.

Élisabeth se dirigea vers son bureau et ouvrit un tiroir secret. Elle en sortit une vieille photo, jaunie par le temps. Une jeune Claire Dubois y souriait, entourée de ses parents devant leur maison aux volets bleus à Saint-Clair-sur-Epte. Une larme silencieuse coula sur sa joue alors qu'elle contemplait cette image d'un passé qui semblait désormais si lointain.

"Qui suis-je vraiment ?" murmura-t-elle pour elle-même, sa voix à peine audible dans le silence de la pièce.

Un coup discret à la porte la fit sursauter. C'était Marie, sa fidèle assistante depuis des années.

"Madame," dit Marie d'une voix hésitante, "le Président souhaite vous voir dans son bureau."

Élisabeth acquiesça silencieusement, replaçant rapidement la photo dans son tiroir. Alors qu'elle traversait les couloirs de l'Élysée, elle sentait les regards peser sur elle. Le personnel qui autrefois la saluait chaleureusement détournait maintenant les yeux à son passage.

Dans le bureau présidentiel, Julien Marceau l'attendait, le visage grave.

"Élisabeth," commença-t-il, sa voix trahissant une fatigue profonde, "la situation devient intenable. Les médias sont déchaînés, l'opposition réclame des explications, et même nos alliés commencent à prendre leurs distances."

Élisabeth resta silencieuse, son visage un masque d'impassibilité.

Julien poursuivit : "J'ai besoin de savoir la vérité. Toute la vérité. Pas seulement pour moi ou pour notre mariage, mais pour sauver cette présidence."

Élisabeth sentit son cœur se serrer. Elle savait que ce moment arriverait, mais elle n'était pas prête. Comment expliquer des décennies de secrets et de mensonges ? Comment justifier des choix qui lui avaient été imposés il y a si longtemps ?

"Julien," commença-t-elle doucement, "ce que tu me demandes... Ce n'est pas aussi simple. Il y a des choses que je ne peux pas révéler, pas seulement pour me protéger, mais pour protéger notre pays."

Le Président se leva brusquement, la colère et la frustration visibles sur son visage. "Notre pays ? Élisabeth, c'est notre pays qui souffre de ces secrets ! Comment puis-je gouverner quand je ne sais même pas qui est vraiment la femme que j'ai épousée ?"

Ces mots frappèrent Élisabeth comme un coup physique. Elle réalisa à quel point l'isolement qu'elle ressentait n'était pas seulement extérieur, mais aussi intime, touchant même sa relation avec l'homme qu'elle aimait.

Alors qu'elle quittait le bureau présidentiel, Élisabeth sentit le poids de ses secrets peser plus lourdement que jamais. Dans les jours qui suivirent, son isolement ne fit que s'accentuer.

Les invitations aux événements officiels se firent rares, puis inexistantes. Ses projets caritatifs, autrefois si médiatisés, furent discrètement mis en pause. Même ses plus proches collaborateurs semblaient maintenant distants, craignant sans doute d'être associés au scandale grandissant.

Un soir, alors qu'elle dînait seule dans ses appartements, Élisabeth reçut un appel inattendu. C'était Marcus, son ancien contact de l'Opération Phénix.

"Élisabeth," dit-il d'une voix grave, "les choses s'accélèrent. Ils vont bientôt tout révéler. Tu dois te préparer."

Elle sentit un frisson parcourir son échine. "Que dois-je faire, Marcus ?"

"Tu as deux options," répondit-il. "Soit tu prends les devants et tu révèles tout toi-même, soit tu disparais. Comme avant."

Ces mots résonnèrent dans son esprit longtemps après avoir raccroché. Disparaître... Redevenir quelqu'un d'autre, effacer Élisabeth Marceau comme elle avait effacé Claire Dubois des années auparavant. Était-ce vraiment une option ?

Dans les jours qui suivirent, Élisabeth passa de longues heures seule, pesant ses options, revivant son passé. Elle repensa à la jeune fille idéaliste qu'elle était, à la femme qu'elle était devenue, aux choix qu'elle avait faits - ou qu'on avait faits pour elle.

Un matin, alors que l'aube se levait sur Paris, Élisabeth prit sa décision. Elle ne fuirait pas, elle ne disparaîtrait pas. Il était temps d'affronter la vérité, quelles qu'en soient les conséquences.

Elle s'assit à son bureau et commença à écrire. Une lettre à Julien, une autre à la presse, et une dernière, plus personnelle, adressée à cette jeune Claire Dubois qu'elle avait été il y a si longtemps.

Alors qu'elle terminait d'écrire, Élisabeth sentit un poids se lever de ses épaules. L'isolement qu'elle avait ressenti ces dernières semaines n'était rien comparé à celui qu'elle s'était imposé pendant des années, portant le fardeau de ses secrets.

Maintenant, pour le meilleur ou pour le pire, la vérité allait éclater. Et Élisabeth Marceau, née Claire Dubois, était enfin prête à affronter son passé et son avenir, quel qu'il soit.

Chapitre 40 : La tentative d'étouffement

Le soleil se levait à peine sur Paris, baignant l'Élysée d'une lumière blafarde. Dans les couloirs du palais présidentiel, une agitation inhabituelle régnait malgré l'heure matinale. Des conseillers et hauts fonctionnaires, le visage grave, se pressaient vers la salle de crise.

Au centre de cette effervescence, le Président Julien Marceau, les traits tirés par une nuit sans sommeil, écoutait le rapport alarmant de Jean-Baptiste Rochat, le directeur de la DGSI.

"Monsieur le Président," annonça Rochat d'une voix tendue, "la situation est critique. Le journal d'Élisabeth a disparu. Et nous avons de bonnes raisons de croire qu'il est en possession de cette journaliste, Léa Moreau."

Julien sentit son estomac se nouer. "Et que contient exactement ce journal, Rochat ? Qu'est-ce qui vous fait si peur ?"

Rochat hésita un instant. "Monsieur, ce journal contient des détails sur l'Opération Phénix que nous pensions avoir enterrés depuis longtemps. Des noms, des dates, des opérations secrètes... Si ces informations venaient à être rendues publiques, ce serait un désastre pour la sécurité nationale."

Le Président se leva brusquement, faisant les cent pas dans la pièce. "Et Élisabeth ? Où est-elle dans tout ça ?"

"Madame la Première Dame est... en sécurité," répondit Rochat avec précaution. "Nous avons jugé préférable de la mettre à l'abri le temps que nous résolvions cette crise."

Julien s'arrêta net, fixant Rochat d'un regard glacial. "Vous voulez dire que vous la retenez quelque part ? Sans mon autorisation ?"

Rochat ne cilla pas. "C'était une décision nécessaire, Monsieur le Président. Pour sa propre sécurité, et pour celle de l'État."

Pendant ce temps, dans un petit hôtel discret de la banlieue parisienne, Léa Moreau, le cœur battant, commençait à lire le journal d'Élisabeth Marceau. Chaque page confirmait ses soupçons les plus fous sur l'Opération Phénix et le passé trouble de la Première Dame.

Soudain, un bruit dans le couloir la fit sursauter. Des pas lourds se rapprochaient de sa chambre. Léa sentit la panique monter en elle. Dans un geste désespéré, elle arracha les dernières pages du journal et les cacha dans la doublure de sa veste.

La porte s'ouvrit brutalement, laissant entrer deux hommes en costume sombre. "Mademoiselle Moreau, vous devez nous suivre immédiatement."

À l'Élysée, la réunion de crise battait son plein. Pierre Dumas, le conseiller principal du Président, exposait les différentes options pour gérer la situation.

"Nous devons agir vite," insista-t-il. "Chaque minute qui passe augmente le risque de fuite. Je suggère une opération coordonnée : nous devons récupérer le journal, neutraliser Léa Moreau, et préparer une stratégie de communication pour minimiser les dégâts."

Julien Marceau, le visage sombre, écoutait en silence. Il se sentait pris au piège, tiraillé entre son devoir envers l'État et son amour pour Élisabeth.

Pendant ce temps, dans un lieu tenu secret, Élisabeth Marceau était assise seule dans une pièce austère. Malgré son isolement forcé, son visage restait impassible. Elle savait que le moment de vérité approchait, et elle s'y était préparée depuis des années.

Dans les rédactions parisiennes, l'effervescence montait. Des rumeurs sur une possible révélation explosive concernant la Première Dame circulaient. Les rédacteurs en chef étaient sur le qui-vive, prêts à bouleverser leurs unes à la moindre information confirmée.

Au "Révélateur", le journal de Léa Moreau, Marc Lefort, le rédacteur en chef, recevait des appels incessants. Des pressions de toutes parts s'exerçaient pour étouffer l'affaire.

"Nous ne céderons pas," affirma-t-il à son équipe. "Si Léa a des preuves, nous les publierons, quelles qu'en soient les conséquences."

Alors que la journée avançait, une course contre la montre s'engageait. D'un côté, les services de l'État tentaient désespérément de contenir la fuite. De l'autre, Léa Moreau et ses alliés luttaient pour révéler la vérité au grand public.

Dans les rues de Paris, une tension palpable régnait. Les citoyens, alertés par les rumeurs et les éditions spéciales des journaux télévisés, attendaient avec anxiété de connaître la vérité sur leur Première Dame.

Au cœur de ce tourbillon, Julien Marceau prit finalement une décision. Il convoqua une conférence de presse d'urgence pour le soir même.

"Il est temps de dire la vérité au peuple français," annonça-t-il à ses conseillers médusés. "Quoi qu'il en coûte."

Alors que le soleil se couchait sur la capitale, tous les regards étaient tournés vers l'Élysée. La tentative d'étouffement avait échoué. La vérité, longtemps enfouie, était sur le point d'éclater au grand jour, pour le meilleur ou pour le pire.

Chapitre 41 : Léa traquée

Le cœur battant la chamade, Léa Moreau courait dans les rues sombres de Paris. La nuit était tombée depuis longtemps, mais elle n'osait pas s'arrêter. Chaque ombre, chaque bruit la faisait sursauter. Elle savait qu'ils étaient à ses trousses.

Depuis sa fuite du château de Chambord avec le précieux journal d'Élisabeth Marceau, Léa était devenue une femme traquée. Les services secrets, la police, peut-être même des agents privés engagés par l'Élysée - tous semblaient la poursuivre, déterminés à récupérer les informations explosives qu'elle détenait.

Elle tourna brusquement dans une ruelle étroite, espérant semer ses poursuivants. Son souffle était court, ses jambes la faisaient souffrir, mais l'adrénaline la poussait à continuer. Elle ne pouvait pas se permettre d'être capturée, pas maintenant qu'elle était si proche de la vérité.

Léa s'arrêta un instant, dos contre un mur, pour reprendre son souffle. Elle sortit son téléphone, hésitant à appeler Marc, son rédacteur en chef. Mais elle savait que les lignes étaient probablement sur écoute. Elle ne pouvait faire confiance à personne.

Soudain, des phares illuminèrent l'entrée de la ruelle. Léa se figea, retenant sa respiration. Une voiture noire passa lentement devant l'ouverture, s'arrêtant un instant avant de continuer. Elle laissa échapper un soupir de soulagement, mais savait qu'elle ne pouvait pas rester là.

Reprenant sa course, Léa réfléchissait à toute vitesse. Où pouvait-elle aller ? Qui pouvait l'aider ? Son appartement n'était plus sûr, ses amis et sa famille seraient les premières cibles de surveillance. Il lui fallait un endroit où personne ne penserait à la chercher.

Alors qu'elle traversait un pont sur la Seine, une idée lui vint. Antoine, son ex-petit ami, vivait dans une péniche amarrée près de l'île Saint-Louis. Ils s'étaient séparés en mauvais termes deux ans auparavant, mais c'était peut-être sa seule chance.

Zigzaguant entre les ruelles et les quais, Léa finit par atteindre la péniche. Elle frappa doucement à la porte, priant pour qu'Antoine soit là et accepte de l'aider.

Après ce qui sembla une éternité, la porte s'ouvrit. Antoine, les cheveux ébouriffés et l'air endormi, écarquilla les yeux en la voyant.

"Léa ? Qu'est-ce que tu fais là ?"

"Antoine, je suis désolée de débarquer comme ça, mais j'ai besoin d'aide. Je suis en danger."

Il hésita un instant, puis s'effaça pour la laisser entrer. À l'intérieur, Léa lui raconta tout : son enquête sur Élisabeth Marceau, l'Opération Phénix, le journal trouvé à Chambord. Antoine l'écouta en silence, son visage passant de la surprise à l'inquiétude.

"Tu te rends compte dans quoi tu t'es fourrée ?" dit-il finalement. "C'est de la folie, Léa."

"Je sais," répondit-elle, "mais je ne peux pas abandonner maintenant. Pas quand je suis si proche de la vérité."

Antoine soupira, passant une main dans ses cheveux. "D'accord, tu peux rester ici cette nuit. Mais demain, il faudra trouver une solution plus durable."

Léa le remercia, soulagée d'avoir trouvé un refuge temporaire. Mais elle savait que ce n'était qu'un répit. Tôt ou tard, ils la retrouveraient.

Cette nuit-là, allongée sur le canapé de la péniche, Léa sortit discrètement le journal d'Élisabeth de son sac. À la lueur tamisée d'une lampe, elle commença à lire, plongeant dans les secrets de la Première Dame.

Les révélations contenues dans ces pages étaient stupéfiantes. Élisabeth détaillait son recrutement par l'Opération Phénix, sa formation intensive, les missions qu'on lui avait confiées. Elle parlait de manipulation psychologique, de création d'une nouvelle identité, de son infiltration progressive dans les hautes sphères du pouvoir.

Mais ce qui frappa le plus Léa, c'était la lutte intérieure qu'Élisabeth semblait mener. Entre son devoir envers ceux qui l'avaient formée et ses propres convictions morales. Entre la femme qu'elle était censée être et celle qu'elle était vraiment.

Au fil des pages, Léa comprenait que ce journal n'était pas seulement une bombe politique. C'était le témoignage déchirant d'une femme prise au piège d'un système qui la dépassait.

Alors que l'aube pointait, Léa referma le journal, l'esprit en ébullition. Elle savait maintenant qu'elle tenait entre ses mains de quoi faire tomber non seulement le gouvernement actuel, mais ébranler les fondements mêmes de la République.

Mais une question la taraudait : que devait-elle faire de ces informations ? Les publier pourrait plonger le pays dans le chaos. Les garder secrètes serait trahir son devoir de journaliste et laisser un système corrompu perdurer.

Léa n'eut pas le temps de réfléchir davantage. Des bruits de moteur et des voix à l'extérieur la firent sursauter. Elle se précipita vers la fenêtre et vit plusieurs voitures noires s'arrêter près de la péniche.

"Antoine !" cria-t-elle. "Il faut partir, vite !"

Alors qu'ils se précipitaient hors de la péniche par une sortie de secours, Léa réalisa que sa fuite ne faisait que commencer. Elle était désormais au cœur d'une tempête qui menaçait d'emporter tout sur son passage.

Mais une chose était sûre : elle ne renoncerait pas. Quoi qu'il lui en coûte, la vérité sur Élisabeth Marceau et l'Opération Phénix devait éclater au grand jour.

📖 ✦ ✦ ✦ ✦ ✦ ✦ 🐒

Chapitre 42 : Le refuge improbable

Le cœur battant la chamade, Léa Moreau courait dans les rues de Paris aux premières lueurs de l'aube. Antoine, son ex-petit ami, la suivait de près, jetant des regards anxieux par-dessus son épaule. Ils venaient tout juste d'échapper aux hommes en noir qui avaient encerclé la péniche où ils s'étaient réfugiés.

"Par ici !" souffla Antoine, tirant Léa dans une ruelle étroite.

Ils s'enfoncèrent dans le dédale des vieilles rues parisiennes, changeant constamment de direction pour semer d'éventuels poursuivants. Après ce qui sembla une éternité, ils s'arrêtèrent enfin, haletants, dans un petit square désert.

"Où peut-on aller maintenant ?" demanda Léa, la voix tremblante. "Ils vont sûrement surveiller tous les endroits où je pourrais me cacher."

Antoine réfléchit un instant, puis son visage s'éclaira. "J'ai peut-être une idée. Mais c'est risqué, et tu ne vas pas aimer."

"À ce stade, je suis prête à tout," répondit Léa.

"Ma tante Margot," expliqua Antoine. "Elle vit dans un couvent à la campagne, à environ deux heures de Paris. Personne ne pensera à te chercher là-bas."

Léa le regarda, incrédule. "Un couvent ? Tu plaisantes ?"

"C'est notre meilleure option," insista Antoine. "Ma tante est... disons, peu conventionnelle pour une nonne. Elle nous aidera."

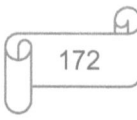

N'ayant pas d'autre choix, Léa acquiesça. Ils se mirent en route, évitant soigneusement les grandes artères et les caméras de surveillance. Après un voyage stressant en train régional, puis en bus local, ils arrivèrent enfin devant un imposant bâtiment de pierre grise niché au cœur de la campagne française.

Sœur Margot les accueillit à la porte, son visage ridé s'illuminant à la vue d'Antoine. "Mon petit ! Quelle surprise !" Son regard se posa sur Léa, et son sourire s'élargit. "Et tu as amené une amie. Entrez vite !"

Une fois à l'intérieur, Antoine expliqua rapidement la situation à sa tante. À la grande surprise de Léa, Sœur Margot ne sembla pas du tout choquée.

"Ah, les secrets d'État," dit-elle en hochant la tête. "J'en ai vu passer, de mon temps. Ne t'inquiète pas, ma petite, tu es en sécurité ici."

Léa fut installée dans une petite cellule austère, mais confortable. Pour la première fois depuis des jours, elle se sentit en sécurité. Le couvent, avec ses murs épais et son atmosphère de paix, semblait coupé du monde extérieur.

Les jours passèrent, rythmés par les offices et les repas en commun. Léa, déguisée en novice, passait la plupart de son temps dans la bibliothèque du couvent, étudiant méticuleusement le journal d'Élisabeth Marceau.

Plus elle lisait, plus elle réalisait la complexité de la situation. Le journal ne révélait pas seulement les secrets de l'Opération Phénix, mais aussi les luttes intérieures d'Élisabeth, ses doutes, ses remords.

Un soir, alors qu'elle discutait avec Sœur Margot dans le jardin du cloître, Léa confia ses inquiétudes.

"Je ne sais plus quoi faire," avoua-t-elle. "Publier ces informations pourrait déstabiliser tout le pays. Mais les garder secrètes serait trahir mon devoir de journaliste."

Sœur Margot la regarda avec compassion. "Ma chère, parfois la vérité est comme une lame à double tranchant. Elle peut blesser autant qu'elle peut guérir. La question est : quel bien plus grand peut-elle servir ?"

Ces paroles résonnèrent en Léa. Elle réalisa qu'elle ne pouvait pas simplement balancer ces révélations sans réfléchir aux conséquences. Il lui fallait un plan.

Avec l'aide discrète de Sœur Margot, qui s'avéra avoir des contacts surprenants dans le monde politique et médiatique, Léa commença à élaborer une stratégie. Elle ne voulait pas seulement révéler la vérité, mais aussi s'assurer qu'elle serait comprise et utilisée pour apporter un changement positif.

Pendant ce temps, à Paris, la traque continuait. Jean-Baptiste Rochat, le directeur de la DGSI, était furieux. Comment une simple journaliste avait-elle pu leur échapper si longtemps ?

Un matin, alors que Léa aidait à la cuisine du couvent, Sœur Margot arriva en courant, le visage pâle.

"Ils arrivent," dit-elle simplement.

Le cœur de Léa manqua un battement. Comment avaient-ils pu la retrouver ici ?

"Ne t'inquiète pas," ajouta Sœur Margot avec un clin d'œil. "J'ai encore quelques tours dans mon sac."

Alors que des voitures noires s'arrêtaient devant le couvent, Sœur Margot entraîna Léa vers une porte dérobée. "Ce passage secret date des guerres de religion," expliqua-t-elle. "Il te mènera en sécurité."

Léa hésita. "Mais... et vous ? Et les autres sœurs ?"

"Ne t'en fais pas pour nous," sourit Sœur Margot. "Nous savons garder un secret. Maintenant, va ! Et n'oublie pas : la vérité doit servir un bien plus grand."

Avec un dernier regard reconnaissant, Léa s'engouffra dans le passage secret, le journal d'Élisabeth serré contre sa poitrine. Alors qu'elle s'éloignait dans l'obscurité, elle entendit la voix de Sœur Margot accueillir les agents avec une innocence feinte.

Léa savait que son refuge improbable lui avait offert plus qu'un simple abri. Il lui avait donné le temps de réfléchir, de planifier, et de comprendre la véritable portée de sa mission.

Maintenant, il était temps d'agir. La vérité sur Élisabeth Marceau et l'Opération Phénix allait enfin éclater au grand jour, mais d'une manière que personne n'aurait pu prévoir.

Chapitre 43 : Des soutiens inattendus

Le soleil se levait à peine sur Paris lorsque Léa Moreau émergea de sa cachette de fortune, une chambre d'hôtel miteux dans le 18ème arrondissement. Après des jours de fuite, traquée par les services secrets et terrifiée à l'idée d'être capturée, elle était épuisée mais plus déterminée que jamais à révéler la vérité sur Élisabeth Marceau et l'Opération Phénix.

Alors qu'elle marchait prudemment dans les rues encore désertes, son téléphone vibra. Un message d'un numéro inconnu : "Rendez-vous au café Le Petit Parisien dans 30 minutes. Un allié vous y attend."

Le cœur battant, Léa hésita. Était-ce un piège ? Ou enfin l'aide dont elle avait désespérément besoin ? Décidant que le risque en valait la peine, elle se dirigea vers le café indiqué.

À l'intérieur, assis dans un coin sombre, se trouvait un homme qu'elle reconnut immédiatement : Jacques Lemaire, un ancien haut fonctionnaire du ministère de l'Intérieur, récemment à la retraite. Il avait souvent critiqué le gouvernement Marceau dans les médias.

"Mademoiselle Moreau," dit-il à voix basse lorsqu'elle s'assit. "J'ai suivi votre travail avec grand intérêt. Je pense qu'il est temps que vous ayez un peu d'aide de l'intérieur."

Léa le regarda avec méfiance. "Pourquoi m'aider ? Vous savez dans quoi vous vous embarquez ?"

Lemaire eut un sourire triste. "J'ai passé ma carrière à servir l'État, mademoiselle. Mais ce que j'ai vu... ce que je sais sur l'Opération Phénix... C'est une trahison de tout ce en quoi je croyais. Il est temps que la vérité éclate."

Pendant l'heure qui suivit, Lemaire lui fournit des informations cruciales : des noms, des dates, des lieux. Il confirma l'existence d'un réseau d'agents dormants, placés stratégiquement dans les hautes sphères du pouvoir français.

"Élisabeth Marceau n'était que la partie émergée de l'iceberg," expliqua-t-il. "L'Opération Phénix a infiltré tous les niveaux de l'État. Des ministres, des juges, des patrons de presse... Tous formés pour influencer subtilement la politique française."

Léa prenait frénétiquement des notes, son esprit tournant à plein régime. "Mais comment ont-ils pu garder ça secret pendant si longtemps ?"

"La peur, mademoiselle Moreau. La peur et la manipulation. Ceux qui découvraient la vérité étaient soit achetés, soit menacés, soit... éliminés."

Alors qu'ils terminaient leur conversation, la porte du café s'ouvrit brusquement. Léa se figea, s'attendant à voir surgir des agents de la DGSI. Mais à sa grande surprise, c'était Marc Lefort, son rédacteur en chef au Révélateur.

"Léa !" s'exclama-t-il en les rejoignant. "Dieu merci, tu es en vie. Nous étions tous morts d'inquiétude."

"Marc ? Comment m'as-tu trouvée ?" demanda Léa, stupéfaite.

"J'ai mes sources," répondit-il avec un clin d'œil. "Et je ne suis pas venu seul."

À ce moment, plusieurs autres personnes entrèrent dans le café : des journalistes de différents médias, un député de l'opposition, et même un juge d'instruction connu pour son intégrité.

"Nous sommes là pour t'aider, Léa," expliqua Marc. "Ce que tu as découvert est trop important pour rester caché. Nous allons former un front uni pour révéler la vérité, quoi qu'il en coûte."

Léa sentit les larmes lui monter aux yeux. Après des jours de solitude et de peur, elle réalisait qu'elle n'était plus seule dans son combat.

Le groupe passa les heures suivantes à élaborer une stratégie. Ils décidèrent de publier simultanément dans plusieurs médias, de lancer une commission d'enquête parlementaire, et de saisir la justice.

"C'est risqué," prévint Lemaire. "Ceux qui tirent les ficelles de l'Opération Phénix ne reculeront devant rien pour nous arrêter."

"C'est pour ça que nous devons agir vite et de manière coordonnée," répondit le député. "Une fois que l'information sera dans le domaine public, il sera trop tard pour l'étouffer."

Alors que le soleil se couchait sur Paris, Léa quitta le café avec un sentiment renouvelé d'espoir et de détermination. Elle n'était plus une journaliste isolée fuyant des forces obscures. Elle était maintenant au cœur d'un mouvement, soutenue par des alliés inattendus mais déterminés.

Cette nuit-là, dans un appartement sécurisé mis à sa disposition par le juge d'instruction, Léa commença à rédiger l'article qui allait faire trembler les fondations mêmes de la République française. Elle savait que les jours à venir seraient dangereux, peut-être même mortels. Mais avec le soutien de ses nouveaux alliés, elle était prête à affronter la tempête qui s'annonçait.

La vérité sur Élisabeth Marceau et l'Opération Phénix était sur le point d'éclater au grand jour, et rien ne pourrait plus l'arrêter.

Chapitre 44 : Le décryptage du journal

Léa Moreau, le cœur battant la chamade, s'installa à son bureau dans la petite chambre d'hôtel qu'elle avait louée sous un faux nom. Les rideaux étaient tirés, la porte verrouillée à double tour. Sur la table devant elle reposait le précieux journal d'Élisabeth Marceau, qu'elle avait réussi à sortir clandestinement du château de Chambord.

Les mains légèrement tremblantes, Léa ouvrit délicatement la couverture en cuir rouge usé. L'odeur de vieux papier emplit ses narines alors qu'elle commençait à parcourir les premières pages. L'écriture fine et élégante d'Élisabeth emplissait chaque feuille, témoignage silencieux d'une vie cachée pendant des décennies.

"3 septembre 1983. Aujourd'hui, ma vie a basculé."

Léa sentit un frisson parcourir son échine en lisant ces premiers mots. Elle savait qu'elle s'apprêtait à plonger dans les secrets les plus intimes de la Première Dame de France.

Au fil des pages, le récit d'Élisabeth se dévoilait, révélant les détails troublants de l'Opération Phénix. La jeune Claire Dubois, brillante étudiante, avait été repérée par les services secrets pour ses capacités exceptionnelles. On lui avait promis une opportunité unique de servir son pays, mais le prix à payer était lourd : abandonner son identité, sa famille, tout son passé.

Léa prenait frénétiquement des notes, son esprit tournant à plein régime pour connecter chaque nouvelle information avec ce qu'elle savait déjà. Le journal confirmait ses soupçons les plus fous : l'Opération Phénix était bien plus qu'un simple programme de recrutement. C'était une vaste entreprise de manipulation à long terme, visant à placer des agents d'influence au plus haut niveau de l'État.

"15 juillet 1985. L'entraînement est brutal. Chaque jour, je sens Claire s'effacer un peu plus. Élisabeth prend le dessus. Parfois, je ne sais plus qui je suis vraiment."

Ces mots, empreints de douleur et de confusion, touchèrent Léa plus qu'elle ne l'aurait voulu. Elle réalisait que derrière l'image lisse de la

Première Dame se cachait une femme brisée, reconstruite selon les désirs d'autres.

Le journal détaillait les années de formation intensive : cours de géopolitique, techniques de manipulation psychologique, création et gestion d'identités multiples. Élisabeth était façonnée pour devenir l'agent parfait, capable d'influencer subtilement les plus hautes sphères du pouvoir.

Mais ce qui frappa le plus Léa, c'était la lutte intérieure qu'Élisabeth semblait mener. Entre son devoir envers ceux qui l'avaient formée et ses propres convictions morales. Entre la femme qu'elle était censée être et celle qu'elle était vraiment.

"10 octobre 2010. Julien a annoncé sa candidature à la présidence. Il est si enthousiaste, si plein d'espoir pour l'avenir de la France. Et moi, je me sens comme une imposteure. Je l'aime, vraiment. Mais notre relation entière est basée sur un mensonge. Comment puis-je continuer à lui cacher la vérité ?"

Léa sentit son cœur se serrer. Pour la première fois, elle voyait Élisabeth Marceau non pas comme une manipulatrice froide et calculatrice, mais comme une femme prise au piège de circonstances qui la dépassaient.

Alors qu'elle continuait sa lecture, Léa réalisa que le journal contenait bien plus que des révélations personnelles. Il y avait des noms, des dates, des détails sur des opérations secrètes menées au plus haut niveau de l'État. Des informations qui, si elles étaient rendues publiques, pourraient faire tomber non seulement le gouvernement actuel, mais ébranler les fondements mêmes de la République.

Soudain, un bruit dans le couloir la fit sursauter. Des pas lourds se rapprochaient de sa chambre. Léa sentit la panique monter en elle. Avaient-ils réussi à la retrouver si vite ?

Dans un geste désespéré, elle arracha les dernières pages du journal et les cacha dans la doublure de sa veste. Puis elle prit une décision qui allait changer le cours de son enquête : elle ouvrit la fenêtre et sauta sur le toit voisin.

Alors qu'elle s'enfuyait dans la nuit parisienne, Léa Moreau savait qu'elle venait de franchir un point de non-retour. Elle était désormais une femme en fuite, pourchassée par des forces qu'elle ne comprenait pas entièrement, mais déterminée à révéler la vérité, quoi qu'il lui en coûte.

Le décryptage du journal d'Élisabeth Marceau n'était que le début. Léa réalisait maintenant qu'elle détenait entre ses mains le pouvoir de changer le destin d'une nation. Mais à quel prix ? Et surtout, aurait-elle la force d'aller jusqu'au bout ?

Alors que l'aube se levait sur Paris, Léa Moreau, journaliste devenue fugitive, serrait contre elle les secrets d'une femme et d'un pays. La vérité sur l'Opération Phénix allait bientôt éclater au grand jour, et rien ne serait plus jamais comme avant.

Chapitre 45 : La liste des noms

Le cœur battant la chamade, Léa Moreau s'installa à la table branlante de sa chambre d'hôtel. Les rideaux étaient tirés, la porte verrouillée à double tour. Sur la table reposait le précieux journal d'Élisabeth Marceau, qu'elle avait réussi à sortir clandestinement du château de Chambord.

Les mains légèrement tremblantes, Léa ouvrit délicatement la couverture en cuir rouge usé. L'odeur de vieux papier emplit ses narines alors qu'elle commençait à parcourir les pages, son cœur s'accélérant à chaque révélation.

Soudain, un morceau de papier plié glissa d'entre les pages. Léa le déplia avec précaution, retenant son souffle. C'était une liste de noms, certains barrés, d'autres entourés. Elle reconnut avec stupeur plusieurs figures importantes de la politique française actuelle.

"Mon Dieu," murmura-t-elle, réalisant l'ampleur de ce qu'elle tenait entre ses mains.

La liste semblait diviser les noms en différentes catégories : "Alliés", "Cibles", "Compromis", "À surveiller". Certains noms étaient accompagnés de notes cryptiques : "Dossier compromettant", "Influençable", "Dangereux - à éliminer".

Léa sentit un frisson glacé parcourir son échine en voyant le nom de Julien Marceau entouré plusieurs fois, avec la mention "Cible principale - A été approché".

Alors qu'elle étudiait la liste, essayant de comprendre les implications de chaque nom, un bruit dans le couloir la fit sursauter. Des pas lourds se rapprochaient de sa chambre. Paniquée, Léa fourra rapidement la liste dans la doublure de sa veste.

Juste à temps. La porte s'ouvrit brusquement, laissant entrer deux hommes en costume sombre.

"Mademoiselle Moreau," dit l'un d'eux d'une voix froide. "Vous allez devoir nous suivre."

Léa sentit son cœur s'arrêter. Ils l'avaient retrouvée. Mais la liste était en sécurité, cachée contre sa poitrine. Elle savait qu'elle tenait entre ses mains le pouvoir de faire tomber non seulement le gouvernement actuel, mais tout un système corrompu qui s'étendait sur des décennies.

Alors qu'on l'escortait hors de l'hôtel, Léa réalisa que sa quête de vérité venait de prendre une tournure bien plus dangereuse qu'elle ne l'avait imaginé. Cette liste de noms n'était pas seulement une preuve, c'était une arme. Et maintenant, elle était la gardienne d'un secret qui pouvait changer le destin de la France.

Dans la voiture qui l'emmenait vers une destination inconnue, Léa se jura de protéger cette information, quoi qu'il lui en coûte. La vérité devait éclater, pour le bien de tous. Mais à quel prix ? Et surtout, qui sur cette liste mystérieuse serait prêt à tout pour que ces noms restent dans l'ombre ?

La nuit tombait sur Paris, et avec elle, le poids des secrets d'État pesait plus lourd que jamais sur les épaules de Léa Moreau.

Chapitre 46 : Un complot dévoilé

Le cœur battant la chamade, Léa Moreau était assise dans une petite chambre d'hôtel à la périphérie de Paris. Les rideaux étaient tirés, la porte verrouillée à double tour. Sur le lit devant elle était étalé le contenu du précieux journal d'Élisabeth Marceau, qu'elle avait réussi à sortir clandestinement du château de Chambord.

Ses mains tremblaient légèrement alors qu'elle tournait les pages, dévorant chaque mot écrit de la fine écriture d'Élisabeth. Plus elle lisait, plus elle réalisait l'ampleur vertigineuse du complot qu'elle était en train de mettre au jour.

"17 août 1985 - Aujourd'hui, on m'a présenté le plan complet de l'Opération Phénix. Ce n'est pas seulement un programme de recrutement, c'est une tentative de refaçonner la politique française de l'intérieur. Nous sommes des dizaines, peut-être des centaines, placés stratégiquement à tous les niveaux du pouvoir. Notre mission : influencer subtilement les décisions, orienter le pays dans la direction voulue par nos commanditaires. Je me demande si j'ai bien fait d'accepter. Mais il est trop tard pour reculer maintenant."

Léa sentit un frisson parcourir son échine. Ce qu'elle lisait dépassait ses pires craintes. L'Opération Phénix n'était pas qu'une simple opération d'espionnage, c'était une véritable tentative de coup d'État silencieux, étalée sur des décennies.

Au fil des pages, Élisabeth détaillait les méthodes utilisées, les personnalités ciblées, les événements manipulés. Des noms apparaissaient, certains encore actifs dans les plus hautes sphères du pouvoir. Léa prenait des notes frénétiquement, consciente que chaque information était potentiellement explosive.

Soudain, un passage attira particulièrement son attention :

"3 mars 1999 - J'ai rencontré Julien Marceau aujourd'hui. Un jeune politicien prometteur, exactement le genre de personne que nous cherchons à influencer. On m'a donné pour mission de me rapprocher de lui, de devenir sa confidente, son soutien. Je dois le façonner pour qu'il devienne l'homme dont la France a besoin selon nos plans. Mais quelque chose en lui me trouble. Pour la première fois depuis le début de cette opération, je sens que mes sentiments personnels pourraient interférer avec ma mission."

Léa resta bouche bée. La relation entre Élisabeth et Julien Marceau, ce couple qui fascinait la France depuis des années, n'était donc au départ qu'une manipulation orchestrée ? Mais les mots d'Élisabeth laissaient entendre que des sentiments réels s'étaient développés. Jusqu'où allait le mensonge, et où commençait la vérité ?

Alors qu'elle continuait sa lecture, Léa réalisa que le journal contenait bien plus que des révélations personnelles. Il y avait des noms, des dates, des détails sur des opérations secrètes menées au plus haut niveau de l'État. Des informations qui, si elles étaient rendues publiques, pourraient faire tomber non seulement le gouvernement actuel, mais ébranler les fondements mêmes de la République.

Un passage en particulier la glaça :

"12 juin 2010 - Le plan final a été révélé aujourd'hui. L'objectif ultime de l'Opération Phénix est de placer l'un des nôtres à la présidence de la République. Julien est le candidat idéal. Avec moi à ses côtés, nous pourrons enfin mettre en œuvre le grand projet de refonte de la société française que nos maîtres ont conçu il y a si longtemps. Mais à quel prix ? Je ne suis plus sûre de pouvoir continuer cette mascarade. Julien mérite-t-il vraiment cela ? La France mérite-t-elle cela ?"

Léa sentit son cœur s'accélérer. Elle tenait entre ses mains la preuve d'un complot visant à contrôler la plus haute fonction de l'État. Mais elle pouvait aussi lire entre les lignes le conflit intérieur d'Élisabeth, prise entre sa mission et ses sentiments personnels.

Soudain, un bruit dans le couloir la fit sursauter. Des pas lourds se rapprochaient de sa chambre. Léa sentit la panique monter en elle. Avaient-ils réussi à la retrouver si vite ?

Dans un geste désespéré, elle arracha les dernières pages du journal et les cacha dans la doublure de sa veste. Puis elle prit une décision qui allait changer le cours de son enquête : elle ouvrit la fenêtre et sauta sur le toit voisin.

Alors qu'elle s'enfuyait dans la nuit parisienne, Léa Moreau savait qu'elle venait de franchir un point de non-retour. Elle était désormais une femme en fuite, pourchassée par des forces qu'elle ne comprenait pas entièrement, mais déterminée à révéler la vérité, quoi qu'il lui en coûte.

Le complot était dévoilé, mais ses ramifications semblaient s'étendre bien au-delà de ce qu'elle avait imaginé. Léa réalisait qu'elle n'était peut-être que la première à tirer sur un fil qui pourrait défaire toute la tapisserie du pouvoir en France.

Alors qu'elle courait dans les rues sombres, son esprit tournait à plein régime. Comment allait-elle révéler ces informations sans se faire attraper ? Qui pouvait-elle encore croire ? Et surtout, jusqu'où les architectes de ce complot étaient-ils prêts à aller pour protéger leurs secrets ?

Une chose était sûre : la vérité sur l'Opération Phénix et Élisabeth Marceau allait bientôt éclater au grand jour, et rien ne serait plus jamais comme avant dans la politique française.

Chapitre 47 : L'implication internationale

Le soleil se levait à peine sur Paris lorsque Léa Moreau reçut un appel qui allait donner une nouvelle dimension à son enquête. La voix au bout du fil était celle d'un contact au sein du Quai d'Orsay, le ministère des Affaires étrangères.

"Mademoiselle Moreau, il faut qu'on se voie immédiatement. J'ai des informations sur l'Opération Phénix qui dépassent les frontières de la France."

Deux heures plus tard, Léa se trouvait dans un café discret du 7ème arrondissement. Son contact, un homme d'une cinquantaine d'années au regard fatigué, lui glissa une enveloppe sous la table.

"Ce que vous allez découvrir va bien au-delà de ce que vous imaginez," murmura-t-il. "L'Opération Phénix n'était pas qu'une affaire française. C'était une collaboration internationale."

Léa ouvrit l'enveloppe avec des mains tremblantes. À l'intérieur, des documents confidentiels révélaient des liens entre l'Opération Phénix et des programmes similaires menés par d'autres pays occidentaux.

"Mon Dieu," souffla-t-elle. "C'est un réseau à l'échelle mondiale."

Les documents détaillaient des échanges d'agents, des formations conjointes, et même des opérations coordonnées impliquant la CIA, le MI6 britannique, et d'autres services de renseignement européens.

Léa réalisa soudain que l'affaire Élisabeth Marceau n'était que la partie émergée d'un iceberg bien plus vaste. Des dizaines, peut-être des centaines d'agents comme elle avaient été placés stratégiquement dans différents pays.

Alors qu'elle quittait le café, Léa sentit le poids de sa découverte peser sur ses épaules. Elle savait que révéler ces informations pourrait déclencher une crise diplomatique sans précédent.

Dans les jours qui suivirent, Léa plongea dans une enquête frénétique. Elle contacta des journalistes étrangers, croisa des informations, établit des connexions.

Un soir, alors qu'elle travaillait tard dans son appartement, elle reçut un appel d'un numéro étranger. C'était un journaliste britannique.

"J'ai lu vos articles sur l'Opération Phénix," dit-il. "Nous avons découvert quelque chose de similaire ici. Une femme haut placée dans notre gouvernement... Je pense qu'elle fait partie du même réseau qu'Élisabeth Marceau."

Léa sentit son cœur s'accélérer. L'affaire prenait une ampleur vertigineuse.

Pendant ce temps, à l'Élysée, Julien Marceau recevait des appels inquiets de ses homologues étrangers. Le secret était-il sur le point d'éclater à l'échelle internationale ?

Le Président convoqua une réunion d'urgence avec ses conseillers et les chefs des services de renseignement. L'atmosphère était électrique.

"Si cette affaire éclate au grand jour," déclara le directeur de la DGSI, "ce n'est pas seulement notre gouvernement qui sera menacé. C'est tout l'équilibre géopolitique occidental qui pourrait être remis en question."

Julien Marceau, le visage grave, réalisa l'ampleur du défi qui l'attendait. Comment gérer une crise qui dépassait largement les frontières de la France ?

Léa, de son côté, se retrouvait face à un dilemme moral. Révéler l'ampleur internationale de l'Opération Phénix pourrait avoir des conséquences catastrophiques sur la stabilité mondiale. Mais pouvait-elle vraiment garder le silence sur une manipulation d'une telle ampleur ?

Alors qu'elle pesait le pour et le contre, Léa reçut un message cryptique : "La vérité a un prix. Êtes-vous prête à le payer ?"

La journaliste comprit que sa quête de vérité l'avait menée bien plus loin qu'elle ne l'aurait imaginé. Elle n'était plus seulement face à un scandale national, mais au cœur d'une conspiration internationale qui menaçait de redéfinir les relations entre les grandes puissances mondiales.

La nuit tombait sur Paris, mais pour Léa Moreau, l'obscurité n'avait jamais semblé aussi menaçante. Elle savait que chaque mot qu'elle écrirait désormais pourrait avoir des répercussions bien au-delà des frontières de la France.

L'implication internationale de l'Opération Phénix ouvrait un nouveau chapitre dans cette affaire déjà explosive. Et Léa se demandait si elle aurait la force et le courage d'aller jusqu'au bout de cette vérité aux ramifications mondiales.

Chapitre 48 : Le piège se referme

La nuit était tombée sur Paris, enveloppant la ville dans un voile d'obscurité inquiétante. Léa Moreau, le cœur battant la chamade, se faufilait dans les ruelles sombres du 18ème arrondissement. Chaque ombre, chaque bruit la faisait sursauter. Elle savait qu'elle était traquée.

Depuis sa fuite du château de Chambord avec le précieux journal d'Élisabeth Marceau, Léa était devenue une femme en cavale. Les services secrets, la police, peut-être même des agents privés engagés par l'Élysée - tous semblaient la poursuivre, déterminés à récupérer les informations explosives qu'elle détenait.

Elle s'arrêta un instant, dos contre un mur, pour reprendre son souffle. Son téléphone vibra dans sa poche. Un message de Marc, son rédacteur en chef : "Ils ont perquisitionné la rédaction. Détruis tout. Ne fais confiance à personne."

Léa sentit la panique monter en elle. Le cercle se resserrait. Elle reprit sa course, zigzaguant entre les ruelles, cherchant désespérément un endroit sûr.

Soudain, une main l'agrippa et la tira dans l'ombre d'un porche. Elle s'apprêtait à crier quand une voix familière chuchota : "C'est moi, Pierre Dumas."

Le conseiller du Président avait l'air hagard, ses yeux brillant d'une lueur de panique. "Ils savent tout, Léa. Rochat a lancé une chasse à l'homme. Il faut que vous quittiez Paris immédiatement."

"Et le journal ?" demanda Léa, serrant son sac contre elle.

"C'est trop dangereux de le garder sur vous. J'ai un contact sûr qui peut le mettre en lieu sûr. Donnez-le moi, je m'en occupe."

Léa hésita. Pouvait-elle vraiment faire confiance à Dumas ? Mais avait-elle le choix ?

Alors qu'elle s'apprêtait à lui remettre le journal, des phares illuminèrent brusquement la ruelle. Dumas pâlit. "Trop tard. Ils nous ont trouvés."

Plusieurs voitures noires s'arrêtèrent, bloquant les issues. Des hommes en costume en sortirent, armes au poing.

"Léa Moreau, Pierre Dumas," tonna une voix que Léa reconnut comme celle de Jean-Baptiste Rochat. "Vous êtes cernés. Rendez-vous sans faire d'histoires."

Léa échangea un regard avec Dumas. Ils savaient tous deux que c'était la fin de leur course folle.

Alors que Rochat s'approchait, un sourire froid aux lèvres, Léa réalisa que le piège s'était définitivement refermé sur elle. Mais elle se jura intérieurement que, quoi qu'il arrive, la vérité sur Élisabeth Marceau et l'Opération Phénix finirait par éclater.

Le sort du journal, de sa carrière et peut-être même de sa liberté était désormais entre les mains de forces qui la dépassaient. Mais Léa Moreau, journaliste jusqu'au bout des ongles, était prête à affronter ce qui l'attendait.

La nuit parisienne semblait retenir son souffle, témoin silencieux d'un drame qui allait peut-être changer le destin de la nation toute entière.

Chapitre 49 : L'assaut final

Le soleil se levait à peine sur Paris, baignant la ville d'une lumière blafarde. Dans un petit appartement du 11ème arrondissement, Léa Moreau, le visage marqué par la fatigue mais les yeux brillants de détermination, mettait la touche finale à son article.

Après des semaines de recherches acharnées, de menaces et de fausses pistes, elle tenait enfin la vérité sur l'Opération Phénix et le passé secret d'Élisabeth Marceau. Le précieux journal de la Première Dame, récupéré in extremis au château de Chambord, avait livré ses secrets les plus intimes.

Léa relut une dernière fois son texte, pesant chaque mot :

"Révélations exclusives : Élisabeth Marceau, agent dormant au cœur du pouvoir

Après une enquête de plusieurs mois, Le Révélateur est en mesure de dévoiler la vérité sur le passé trouble de la Première Dame de France. Élisabeth Marceau, née Claire Dubois, a été recrutée dans les années 80 par les services secrets français dans le cadre de l'Opération Phénix, un programme top secret visant à former des agents d'influence destinés à infiltrer les plus hautes sphères du pouvoir..."

Léa savait que la publication de cet article allait déclencher un séisme politique sans précédent. Mais elle était prête à en assumer les conséquences. La vérité devait éclater, quoi qu'il en coûte.

Alors qu'elle s'apprêtait à envoyer l'article à son rédacteur en chef, des coups violents retentirent à sa porte.

"Police ! Ouvrez immédiatement !"

Le cœur de Léa s'emballa. Ils l'avaient retrouvée. Dans un geste désespéré, elle envoya l'article et effaça toutes ses données avant que la porte ne vole en éclats.

Pendant ce temps, à l'Élysée, c'était la panique. Pierre Dumas, le visage blême, faisait irruption dans le bureau présidentiel.

"Monsieur le Président, nous avons un problème. La journaliste, Léa Moreau... Elle a tout découvert. Son article va être publié d'une minute à l'autre."

Julien Marceau, le visage creusé par des nuits sans sommeil, ferma les yeux un instant. "Et Élisabeth ?"

"Elle... elle a disparu, Monsieur. Personne ne sait où elle est."

Le Président se leva brusquement. "Trouvez-la. Et empêchez cette publication, par tous les moyens nécessaires."

Mais il était déjà trop tard. À travers tout Paris, les téléphones vibraient, les écrans s'allumaient. L'article de Léa Moreau se répandait comme une traînée de poudre sur les réseaux sociaux.

Dans les rédactions, c'était l'effervescence. Les chaînes d'information en continu interrompaient leurs programmes. "Flash spécial : Scandale à l'Élysée - La double vie d'Élisabeth Marceau révélée au grand jour."

Jean-Baptiste Rochat, le directeur de la DGSI, convoqua une réunion de crise d'urgence. "Messieurs, la situation est critique. Nous devons agir vite pour limiter les dégâts."

Mais le mal était fait. Les révélations de Léa Moreau ébranlaient les fondations mêmes de la République. Des manifestations spontanées éclataient devant l'Élysée, réclamant la démission du couple présidentiel.

Au cœur de cette tempête médiatique et politique, Élisabeth Marceau, seule dans une chambre d'hôtel anonyme, regardait les événements se dérouler à la télévision. Son passé, si longtemps enfoui, éclatait enfin au grand jour. Une larme silencieuse coula sur sa joue alors qu'elle réalisait que rien ne serait plus jamais comme avant.

L'assaut final avait commencé. La vérité, longtemps dissimulée, déferlait maintenant sur la France comme un raz-de-marée, emportant sur son passage les mensonges, les secrets et peut-être même l'avenir d'une présidence.

Léa Moreau, escortée hors de son appartement par les forces de l'ordre, gardait la tête haute. Elle avait accompli sa mission de journaliste :

révéler la vérité, quelles qu'en soient les conséquences. Le reste appartenait désormais à l'Histoire.

La nuit tombait sur Paris, mais pour la France, une nouvelle ère s'annonçait. Une ère de vérité, de remise en question et peut-être, de renouveau démocratique. L'Opération Phénix avait pris fin, mais ses répercussions ne faisaient que commencer.

Chapitre 50 : La conférence de presse

Le soleil se levait à peine sur Paris, baignant l'Élysée d'une lumière blafarde. Dans les couloirs du palais présidentiel, une agitation fébrile régnait malgré l'heure matinale. Des conseillers et hauts fonctionnaires se pressaient, leurs visages tendus trahissant la gravité de la situation.

Au cœur de cette effervescence, le Président Julien Marceau et son épouse Élisabeth se préparaient pour ce qui allait sans doute être la conférence de presse la plus cruciale de leur carrière. L'heure de vérité avait sonné.

Dans leurs appartements privés, Élisabeth Marceau, vêtue d'un tailleur bleu marine impeccable, se tenait devant le miroir. Son visage, habituellement si maîtrisé, trahissait une tension palpable. Elle savait que les mots qu'elle allait prononcer dans quelques heures pourraient soit sauver la présidence de son mari, soit tout faire s'écrouler.

Julien entra dans la pièce, le visage creusé par la fatigue et l'inquiétude. Il s'approcha de sa femme et posa une main sur son épaule.

"Es-tu sûre de vouloir faire ça, Élisabeth ?" demanda-t-il doucement.

Elle se tourna vers lui, ses yeux brillant d'une détermination farouche. "Nous n'avons plus le choix, Julien. La vérité doit éclater. C'est le seul moyen de sauver ce qui peut encore l'être."

Le Président acquiesça lentement, conscient de l'énormité de ce qui allait se jouer.

Pendant ce temps, dans les locaux du "Révélateur", Léa Moreau était en pleine effervescence. La conférence de presse surprise annoncée par l'Élysée avait pris tout le monde de court. Elle savait que c'était le moment qu'elle attendait depuis des mois, l'aboutissement de son enquête acharnée.

À 10h précises, la salle de presse de l'Élysée était bondée. Journalistes, caméras et photographes se bousculaient, l'atmosphère électrique de tension et d'anticipation.

Le silence se fit lorsque Julien et Élisabeth Marceau entrèrent, main dans la main, leurs visages graves mais déterminés. Ils prirent place derrière le pupitre, face à une assemblée suspendue à leurs lèvres.

Julien prit la parole en premier. "Mes chers compatriotes," commença-t-il, sa voix légèrement tremblante mais ferme. "Nous sommes ici aujourd'hui pour vous dire la vérité. Une vérité qui pourrait choquer, qui pourrait ébranler votre confiance. Mais une vérité que vous méritez de connaître."

Il se tourna vers Élisabeth, lui cédant la parole. Elle s'avança, droite et digne malgré le poids des révélations qu'elle s'apprêtait à faire.

"Je m'appelle Élisabeth Marceau," dit-elle, "mais je suis née Claire Dubois. Et voici mon histoire..."

Pendant l'heure qui suivit, Élisabeth dévoila tout. Son recrutement par les services secrets dans le cadre de l'Opération Phénix, sa formation intensive, sa mission d'infiltration au plus haut sommet de l'État. Elle parla de manipulation, de secrets d'État, mais aussi d'amour véritable né d'un mensonge.

Les journalistes écoutaient, stupéfaits, prenant frénétiquement des notes. Léa Moreau, au premier rang, sentait son cœur battre la chamade. Tout ce qu'elle avait découvert, tout ce pour quoi elle s'était battue, était en train d'être confirmé publiquement.

Élisabeth termina son discours, les larmes aux yeux mais la voix ferme. "Je sais que ces révélations sont difficiles à entendre. Je sais que beaucoup d'entre vous se sentiront trahis. Mais je vous demande de comprendre que j'ai agi, à l'époque, en pensant servir mon pays. Aujourd'hui, je choisis de dire la vérité, quelles qu'en soient les conséquences pour moi."

Un silence de plomb s'abattit sur la salle. Puis, lentement, les questions fusèrent. Les journalistes voulaient tout savoir, chaque détail de cette incroyable histoire.

Julien reprit la parole, expliquant qu'une commission d'enquête indépendante serait mise en place pour faire toute la lumière sur l'Opération Phénix et ses ramifications.

Alors que la conférence de presse touchait à sa fin, Léa réalisa que ce n'était que le début. Les révélations d'Élisabeth Marceau allaient déclencher un séisme politique sans précédent. Des têtes allaient tomber, des carrières seraient brisées, et le paysage politique français ne serait plus jamais le même.

En quittant l'Élysée, Léa croisa le regard d'Élisabeth. Dans ce bref échange, elle vit le poids des secrets enfin révélés, mais aussi un soulagement profond. La vérité, aussi douloureuse soit-elle, était enfin sortie de l'ombre.

Le soleil était haut dans le ciel parisien, symbole d'une nouvelle ère qui s'ouvrait pour la France. Une ère de vérité, de remise en question, et peut-être, d'un renouveau démocratique né des cendres d'un scandale sans précédent.

Chapitre 51 : Les aveux d'Élisabeth

Le soleil se couchait sur Paris, baignant l'Élysée d'une lueur orangée. Dans le bureau présidentiel, Élisabeth Marceau se tenait debout face à la fenêtre, son regard perdu dans l'horizon. Derrière elle, Julien

Marceau, le visage creusé par des semaines de tension et d'incertitude, attendait. Le moment de vérité était enfin arrivé.

Élisabeth se retourna lentement, son visage un masque de calme qui contrastait avec la tempête intérieure qui faisait rage en elle. "Julien," commença-t-elle d'une voix douce mais ferme, "il est temps que tu saches toute la vérité."

Le Président se redressa dans son fauteuil, son cœur battant la chamade. Il avait attendu ce moment depuis des semaines, redoutant et espérant à la fois les révélations à venir.

"Je ne m'appelle pas vraiment Élisabeth Marceau," poursuivit-elle. "Je suis née Claire Dubois, dans une petite ville de Normandie. J'étais une jeune fille brillante, pleine d'ambition. C'est ce qui a attiré leur attention."

"Leur attention ?" demanda Julien, la voix tremblante.

Élisabeth prit une profonde inspiration. "L'Opération Phénix. Un programme secret des services de renseignement français. Ils recrutaient des jeunes talentueux pour les former à devenir des agents d'influence à long terme."

Julien sentit son monde vaciller. Il écouta, stupéfait, alors qu'Élisabeth déroulait le fil de son histoire. Elle raconta comment elle avait été approchée à l'âge de 17 ans, comment on lui avait promis qu'elle pourrait servir son pays d'une manière unique. Elle décrivit les années d'entraînement intensif, l'effacement de son ancienne identité, la création méticuleuse de sa nouvelle personnalité.

"Pendant seize ans, j'ai été formée pour devenir l'agent parfait," expliqua-t-elle, sa voix trahissant pour la première fois une pointe d'émotion. "On m'a appris à manipuler, à influencer, à me fondre dans n'importe quel milieu. Et puis, on m'a donné ma mission ultime : me rapprocher de toi, Julien."

Le Président se leva brusquement, incapable de rester assis. "Notre rencontre... notre mariage... tout était planifié ?"

Élisabeth s'approcha de lui, ses yeux brillant de larmes contenues. "Au début, oui. Mais Julien, ce qui n'était pas prévu, c'est que je tombe réellement amoureuse de toi."

Elle lui prit les mains, les serrant fort. "Mes sentiments pour toi sont réels, Julien. C'est la seule chose dans toute cette histoire qui n'a jamais été calculée ou manipulée."

Julien retira ses mains, submergé par les émotions. Il se dirigea vers la fenêtre, tournant le dos à sa femme. "Et maintenant ?" demanda-t-il d'une voix brisée. "Que sommes-nous censés faire avec ça ?"

Élisabeth s'approcha doucement. "Je ne sais pas, Julien. Mais je sais une chose : je ne suis plus cette agent qu'ils ont créée. Je suis devenue ma propre personne, quelqu'un qui t'aime vraiment et qui veut le meilleur pour notre pays."

Le silence s'installa dans la pièce, lourd de non-dits et de questions sans réponses. Julien se retourna finalement, son visage un mélange de douleur et de détermination.

"Nous devons dire la vérité au peuple français," déclara-t-il. "C'est la seule façon de sauver notre présidence et peut-être même notre mariage."

Élisabeth acquiesça lentement. "Tu as raison. Mais Julien, tu dois comprendre que révéler tout ceci aura des conséquences bien au-delà de nous. L'Opération Phénix implique des personnes puissantes, des secrets d'État qui pourraient ébranler les fondements mêmes de notre République."

Le Président se redressa, retrouvant un peu de sa stature habituelle. "Alors nous affronterons ces conséquences ensemble. La France mérite la vérité, quoi qu'il en coûte."

Alors qu'ils commençaient à planifier leur déclaration publique, Élisabeth et Julien savaient que rien ne serait plus jamais comme avant. Mais pour la première fois depuis des semaines, ils se sentaient unis, prêts à affronter ensemble la tempête qui s'annonçait.

À l'extérieur de l'Élysée, Paris s'endormait, ignorant encore le séisme politique qui allait bientôt secouer la nation. Les aveux d'Élisabeth n'étaient que le début d'une nouvelle ère pour la France, une ère de vérité, de remise en question, et peut-être, d'un renouveau démocratique né des cendres d'un scandale sans précédent.

Chapitre 52 : La réaction de Julien

Le soleil se levait à peine sur Paris, baignant l'Élysée d'une lumière blafarde. Dans le bureau présidentiel, Julien Marceau n'avait pas fermé l'œil de la nuit. Son visage habituellement si soigné portait les marques de l'épuisement et de l'anxiété. Les révélations sur le passé d'Élisabeth l'avaient profondément ébranlé, remettant en question non seulement sa vie personnelle mais aussi l'intégrité même de sa présidence.

Il fixait d'un regard vide les jardins en contrebas, son esprit rejouant sans cesse les événements des derniers jours. L'article explosif de Léa Moreau, les rumeurs qui se répandaient comme une traînée de poudre, et surtout, la confession partielle d'Élisabeth la veille au soir. Chaque mot qu'elle avait prononcé résonnait encore dans sa tête.

"Julien," avait-elle dit, sa voix tremblant légèrement, "il y a des choses sur mon passé que je ne t'ai jamais dites. Des choses que j'espérais ne jamais avoir à révéler."

Il se souvenait de la façon dont son cœur s'était serré à ces mots, pressentant que ce qui allait suivre allait changer leur vie à jamais.

Un coup discret à la porte le tira de ses pensées. Pierre Dumas, son plus proche conseiller, entra dans la pièce, l'air grave.

"Monsieur le Président," commença-t-il, "nous devons discuter de notre stratégie de communication. Les médias sont en effervescence, l'opposition réclame des explications, et même nos alliés commencent à s'inquiéter."

Julien se tourna lentement vers lui, ses yeux reflétant un mélange de fatigue et de détermination. "Que proposez-vous, Pierre ?"

Dumas hésita un instant avant de répondre. "Je pense qu'il est temps pour vous de faire une déclaration publique, Monsieur. Le silence ne fait qu'alimenter les spéculations. Nous devons reprendre le contrôle du récit."

Le Président acquiesça lentement. "Vous avez raison. Mais que puis-je dire ? Je ne suis même pas sûr de connaître toute la vérité moi-même."

"C'est justement là-dessus que nous devrions nous concentrer," suggéra Dumas. "Votre honnêteté, votre propre choc face à ces révélations. Montrez aux Français que vous êtes aussi surpris qu'eux, mais déterminé à faire toute la lumière sur cette affaire."

Julien réfléchit un moment, pesant les implications de chaque mot qu'il pourrait prononcer. Il savait que la moindre erreur pourrait être fatale, non seulement pour sa présidence mais aussi pour son mariage.

"Très bien," dit-il finalement. "Préparez une conférence de presse pour cet après-midi. Mais avant, je dois parler à Élisabeth. J'ai besoin de savoir exactement à quoi m'attendre."

Dumas hocha la tête et quitta la pièce, laissant Julien seul avec ses pensées. Le Président se dirigea vers les appartements privés, son cœur battant la chamade à l'idée de la confrontation à venir.

Il trouva Élisabeth assise dans le petit salon, son regard perdu dans le vague. Quand elle leva les yeux vers lui, il fut frappé par la tristesse et la peur qu'il y lut.

"Élisabeth," commença-t-il doucement, "j'ai besoin que tu me dises tout. Pas de demi-vérités, pas de secrets. Je dois savoir exactement ce que je vais affronter cet après-midi."

Elle le regarda longuement, semblant peser chaque mot avant de parler. "Julien, ce que je vais te dire va probablement changer la façon dont tu me vois. Peut-être même la façon dont tu vois notre relation entière. Mais je te promets que chaque mot sera la vérité."

Pendant l'heure qui suivit, Élisabeth raconta tout. Son recrutement par les services secrets à l'âge de 17 ans, sa formation intensive dans le cadre de l'Opération Phénix, sa mission d'infiltration au plus haut niveau de l'État. Elle parla de manipulation, de création d'une nouvelle identité, de la façon dont elle avait été préparée à rencontrer et séduire un jeune politicien prometteur nommé Julien Marceau.

Julien l'écouta en silence, son visage passant de la stupéfaction à la colère, puis à une profonde tristesse. Quand elle eut fini, un silence pesant s'installa entre eux.

"Alors tout ça... notre rencontre, notre mariage... tout était planifié ?" demanda-t-il finalement, sa voix à peine audible.

Élisabeth secoua la tête, les larmes aux yeux. "Au début, oui. Mais Julien, ce qui n'était pas prévu, c'est que je tombe réellement amoureuse de toi. Mes sentiments pour toi sont la seule chose dans toute cette histoire qui n'a jamais été calculée ou manipulée."

Julien se leva brusquement, incapable de rester assis. Il fit les cent pas dans la pièce, tentant d'assimiler tout ce qu'il venait d'entendre. Son monde entier semblait s'écrouler autour de lui.

"Comment puis-je te croire ?" demanda-t-il finalement, se tournant vers elle. "Comment puis-je savoir que ce n'est pas encore une manipulation ?"

Élisabeth se leva à son tour, s'approchant de lui lentement. "Je sais que je t'ai menti, Julien. Que je t'ai caché des choses importantes. Mais je te jure sur tout ce qui m'est cher que mon amour pour toi est réel. C'est la seule vérité constante dans toute cette folie."

Julien la regarda longuement, cherchant dans ses yeux une trace de la femme qu'il avait aimée pendant toutes ces années. Malgré la trahison qu'il ressentait, il ne pouvait nier la connexion profonde qui les unissait encore.

"Je ne sais pas si je peux te pardonner," dit-il doucement. "Pas tout de suite. Mais je sais une chose : nous sommes dans cette situation ensemble. Et nous devons trouver un moyen d'en sortir, pour notre bien et pour celui de la France."

Élisabeth acquiesça, les larmes coulant librement sur ses joues. "Je suis désolée, Julien. Tellement désolée pour tout."

Alors que l'heure de la conférence de presse approchait, Julien se préparait mentalement pour ce qui allait être sans doute le plus grand défi de sa carrière politique. Il savait que chaque mot qu'il prononcerait serait scruté, analysé, disséqué par les médias et l'opinion publique.

Debout devant le miroir de son bureau, il ajusta sa cravate une dernière fois. Son reflet lui renvoyait l'image d'un homme éprouvé mais déterminé. Il avait pris sa décision : il dirait la vérité, ou du moins, autant de vérité qu'il pouvait en révéler sans mettre en danger la sécurité nationale.

Alors qu'il s'apprêtait à quitter son bureau pour rejoindre la salle de presse, Élisabeth apparut dans l'encadrement de la porte.

"Julien," dit-elle doucement, "quoi que tu décides de dire, sache que je te soutiendrai. Je sais que j'ai perdu le droit de te demander quoi que ce soit, mais s'il te plaît, rappelle-toi que malgré tout, nous avons fait de grandes choses ensemble pour ce pays."

Il la regarda un long moment, puis hocha simplement la tête avant de sortir. Le couloir menant à la salle de presse lui sembla interminable. Chaque pas le rapprochait d'un moment qui allait définir non seulement son avenir politique, mais aussi l'avenir de son mariage et peut-être même celui de la France.

Lorsqu'il entra dans la salle, le brouhaha des journalistes se tut instantanément. Tous les yeux étaient rivés sur lui, attendant ses mots avec une anticipation palpable. Julien prit une profonde inspiration, s'avança vers le pupitre, et commença à parler.

"Mes chers compatriotes," dit-il, sa voix ferme malgré l'émotion qui le submergeait, "je me présente devant vous aujourd'hui non seulement en tant que Président de la République, mais aussi en tant qu'homme, mari, et citoyen profondément ébranlé par les récentes révélations concernant mon épouse, Élisabeth Marceau..."

Alors que Julien Marceau dévoilait au monde les secrets longtemps enfouis de sa femme et de sa présidence, l'avenir de la France semblait suspendu à ses lèvres. Dans les coulisses, Élisabeth écoutait, le cœur serré, sachant que quoi qu'il arrive maintenant, rien ne serait plus jamais comme avant.

La réaction de Julien, sa décision de faire face à la tempête médiatique avec honnêteté et courage, allait marquer un tournant dans cette crise qui secouait les fondements mêmes de la République française. Mais ce n'était que le début d'une longue et difficile période de remise en question, de reconstruction, et peut-être, de rédemption.

Chapitre 53 : L'onde de choc politique

Le soleil se levait à peine sur Paris, mais la capitale était déjà en ébullition. Les révélations explosives sur le passé d'Élisabeth Marceau et l'Opération Phénix, publiées la veille au soir par Léa Moreau dans Le Révélateur, avaient l'effet d'une bombe à fragmentation dans les plus hautes sphères du pouvoir.

À l'Assemblée nationale, une session extraordinaire avait été convoquée en urgence. Les députés affluaient dans l'hémicycle, leurs visages trahissant un mélange de choc, d'incrédulité et, pour certains, de panique à peine dissimulée. Le brouhaha des conversations agitées emplissait la salle.

Antoine Lefebvre, chef de file de l'opposition, monta à la tribune. Son visage habituellement jovial était grave.

"Mes chers collègues," commença-t-il d'une voix forte, "nous sommes face à la plus grave crise institutionnelle que notre République ait connue depuis des décennies. Les révélations sur l'Opération Phénix et l'implication de la Première Dame remettent en question non seulement la légitimité de la présidence Marceau, mais aussi l'intégrité même de nos institutions démocratiques."

Un murmure d'approbation parcourut les rangs de l'opposition, tandis que les députés de la majorité présidentielle semblaient mal à l'aise.

"Nous exigeons des réponses," poursuivit Lefebvre. "Nous demandons la création immédiate d'une commission d'enquête parlementaire, avec les pleins pouvoirs pour interroger tous les acteurs impliqués, y compris le Président et la Première Dame."

La proposition fut accueillie par une salve d'applaudissements de l'opposition, mais aussi par des cris de protestation de la majorité. Le président de l'Assemblée eut du mal à rétablir le calme.

Pendant ce temps, à l'Élysée, c'était la panique. Julien Marceau, le visage creusé par une nuit blanche, était en réunion de crise avec ses plus proches conseillers. Pierre Dumas, livide, tentait d'expliquer la situation.

"Monsieur le Président, nous sommes dans une situation sans précédent. Les médias sont déchaînés, l'opposition réclame votre démission, et même au sein de notre propre camp, des voix s'élèvent pour demander des explications."

Julien Marceau se leva brusquement, faisant les cent pas dans son bureau. "Et Élisabeth ? Où est-elle ?"

Un silence gêné s'installa. Finalement, Dumas prit la parole : "Nous... nous n'avons pas réussi à la joindre depuis hier soir, Monsieur le Président."

Julien sentit son cœur se serrer. Sa femme, son pilier depuis tant d'années, semblait s'être volatilisée au moment où il avait le plus besoin d'elle.

Dans les rédactions parisiennes, c'était l'effervescence. Chaque média voulait sa part du scoop, creusant chaque détail des révélations de Léa Moreau. Les téléphones sonnaient sans interruption, les journalistes couraient d'un bureau à l'autre, échangeant informations et théories.

Au Quai d'Orsay, le ministre des Affaires étrangères tentait désespérément de rassurer ses homologues internationaux. Les ambassades étrangères à Paris demandaient des explications, inquiètes des implications potentielles de l'Opération Phénix sur les relations diplomatiques.

Dans les rues de la capitale, l'ambiance était électrique. Des groupes de citoyens se formaient spontanément, débattant avec passion des révélations. Devant l'Élysée, une foule grandissante se rassemblait, brandissant des pancartes exigeant la vérité et la démission du couple présidentiel.

L'onde de choc politique se propageait bien au-delà des frontières de la France. À Bruxelles, le Parlement européen annonçait une session extraordinaire pour discuter des implications de l'affaire sur l'Union Européenne. À Washington, la Maison Blanche publiait un communiqué laconique, appelant au calme et à la stabilité, tout en demandant des éclaircissements à son allié français.

En fin d'après-midi, alors que la crise atteignait son paroxysme, une rumeur commença à circuler : Élisabeth Marceau aurait été vue à l'aéroport Charles de Gaulle, embarquant dans un jet privé vers une destination inconnue. La nouvelle, bien que non confirmée, ne fit qu'ajouter à la confusion et à la spéculation.

À la tombée de la nuit, Paris semblait retenir son souffle. Tous les regards étaient tournés vers l'Élysée, attendant une réaction officielle du Président Marceau. Mais le palais présidentiel restait muet, ses lumières allumées témoignant de l'activité fébrile qui s'y déroulait en coulisses.

L'onde de choc politique provoquée par les révélations sur l'Opération Phénix ne faisait que commencer. Et alors que la France se préparait à une nuit d'incertitude, une question était sur toutes les lèvres : la présidence Marceau pourrait-elle survivre à cette tempête ? Et plus largement, quelles seraient les conséquences à long terme de ces révélations sur le paysage politique français et international ?

La réponse à ces questions allait façonner l'avenir de la nation dans les jours et les semaines à venir. Mais une chose était certaine : rien ne serait plus jamais comme avant.

Chapitre 54 : Les arrestations en série

Le soleil se levait à peine sur Paris lorsque les premières sirènes retentirent dans les rues encore endormies de la capitale. Des voitures de police filaient à toute allure, leurs gyrophares illuminant les façades des immeubles haussmanniens.

Au même moment, dans les beaux quartiers, des agents cagoulés de la Brigade de Recherche et d'Intervention (BRI) pénétraient silencieusement dans plusieurs appartements cossus. Les occupants, pour la plupart encore en pyjama, étaient réveillés en sursaut et menottés sans ménagement.

À l'Élysée, le Président Julien Marceau fut tiré du lit par un appel urgent de son directeur de cabinet. "Monsieur le Président, c'est en train de se produire. Les arrestations ont commencé."

Julien sentit son cœur s'accélérer. Il savait que ce jour arriverait, mais il n'était pas préparé à la violence du choc. À ses côtés, Élisabeth s'éveillait lentement, son visage trahissant une inquiétude qu'elle tentait de masquer.

Dans les locaux du journal Le Révélateur, Léa Moreau et son équipe étaient déjà sur le pied de guerre. Les informations affluaient de toutes parts, dressant un tableau de plus en plus clair de l'ampleur de l'opération en cours.

"On parle d'au moins une vingtaine d'arrestations pour le moment," annonça Marc, le rédacteur en chef. "Des politiques, des hauts fonctionnaires, des chefs d'entreprise... C'est du jamais vu."

Léa hocha la tête, son esprit tournant à plein régime. Elle savait que ces arrestations étaient directement liées à ses révélations sur l'Opération Phénix. Après des mois d'enquête acharnée, la vérité éclatait enfin au grand jour.

Parmi les personnes arrêtées, plusieurs noms retinrent particulièrement l'attention :

- Jean-Baptiste Rochat, l'ancien directeur de la DGSI, fut extrait de son domicile aux premières lueurs de l'aube. Les images de cet homme autrefois si puissant, menotté et escorté par des policiers, firent le tour des chaînes d'information en continu.

- Antoine Lefebvre, chef de file de l'opposition et farouche critique du gouvernement Marceau, fut interpellé alors qu'il s'apprêtait à quitter son domicile parisien. Son arrestation provoqua un séisme au sein de son parti politique.

- Marie Dubois, directrice d'une importante banque d'affaires et proche du couple présidentiel, fut arrêtée à son bureau. Les employés, sous le choc, virent leur patronne être emmenée par les forces de l'ordre.

Au fil de la matinée, la liste des personnes interpellées s'allongeait, révélant l'étendue du réseau mis en place par l'Opération Phénix. Des juges, des patrons de presse, des hauts gradés militaires... Personne ne semblait à l'abri.

À l'Assemblée nationale, c'était la panique. Les députés se réunissaient en urgence, tentant de comprendre l'ampleur de la situation. Certains, craignant d'être les prochains sur la liste, envisageaient déjà de quitter le pays.

Pendant ce temps, à l'Élysée, Julien Marceau convoquait une réunion de crise avec ses plus proches conseillers. Le visage grave, il prit la parole :

"Messieurs, nous traversons la crise la plus grave de notre histoire récente. Ces arrestations vont ébranler les fondements mêmes de notre République. Nous devons agir vite et avec transparence pour éviter un effondrement total de nos institutions."

Pierre Dumas, le conseiller présidentiel, prit la parole : "Monsieur le Président, nous devons envisager votre démission. Votre lien avec Élisabeth Marceau..."

Julien le coupa d'un geste. "Ma démission n'est pas à l'ordre du jour, Pierre. Je dois rester pour guider le pays à travers cette tempête."

Alors que la journée avançait, les réactions internationales commencèrent à affluer. Les chancelleries étrangères s'inquiétaient de la stabilité de la France, tandis que certains pays alliés craignaient que le scandale ne s'étende au-delà des frontières françaises.

Dans les rues de Paris, l'atmosphère était électrique. Des manifestations spontanées éclataient, certains citoyens appelant à la démission du gouvernement, d'autres soutenant le Président Marceau dans cette épreuve.

Léa Moreau, quant à elle, continuait son travail acharné. Elle savait que ces arrestations n'étaient que le début. Les secrets de l'Opération Phénix étaient encore loin d'être tous révélés.

Alors que le soleil se couchait sur cette journée historique, la France retenait son souffle. Personne ne savait ce que l'avenir réservait, mais une chose était certaine : rien ne serait plus jamais comme avant.

Dans le secret de leurs appartements privés, Julien et Élisabeth Marceau se préparaient à affronter la tempête médiatique qui s'annonçait. Demain, ils devraient faire face à la nation et expliquer l'inexplicable.

La nuit tomba sur Paris, mais pour beaucoup, le sommeil ne viendrait pas. Les arrestations en série avaient ouvert la boîte de Pandore, et nul ne pouvait prédire quels autres secrets allaient encore en surgir.

Chapitre 55 : Le procès du siècle

Le Palais de Justice de Paris, imposant bâtiment néoclassique situé sur l'île de la Cité, semblait assiégé. Une foule dense se pressait devant ses grilles, maintenue à distance par un important dispositif policier. Journalistes, caméras et badauds se bousculaient, tous dans l'attente de l'ouverture du procès le plus médiatisé de l'histoire récente française.

À l'intérieur, dans la plus grande salle d'audience, l'atmosphère était électrique. Les bancs réservés au public et à la presse étaient pleins à craquer. Au premier rang, Léa Moreau, le visage tendu mais déterminé, attendait le début de l'audience. Son enquête acharnée avait conduit à ce moment historique.

À 9h précises, un silence pesant s'abattit sur l'assemblée lorsque les accusés firent leur entrée. Élisabeth Marceau, l'ex-Première Dame de France, marchait la tête haute, son élégance habituelle quelque peu ternie par des mois de détention préventive. Derrière elle, une série de hauts fonctionnaires, d'anciens ministres et de dirigeants des services de renseignement, tous impliqués dans l'Opération Phénix.

Le juge, un homme d'une soixantaine d'années au visage sévère, prit place et ouvrit la séance.

"Nous ouvrons aujourd'hui le procès de l'affaire dite de l'Opération Phénix," annonça-t-il d'une voix grave. "Les accusés sont poursuivis pour atteinte à la sûreté de l'État, corruption, abus de pouvoir et manipulation de l'opinion publique."

L'avocat général se leva pour son réquisitoire introductif. "Mesdames et Messieurs les jurés," commença-t-il, "l'affaire qui nous occupe aujourd'hui n'est pas un simple scandale politique. C'est une attaque contre les fondements mêmes de notre démocratie. Pendant des décennies, un réseau occulte a manipulé les plus hautes sphères du pouvoir, plaçant des agents dormants aux postes clés de notre République."

Il pointa du doigt Élisabeth Marceau. "Et au cœur de ce système, nous avons l'accusée principale. Une femme qui a construit toute sa vie sur un mensonge, qui a séduit et manipulé un futur président pour le compte de forces obscures."

Le procès se déroula sur plusieurs semaines, chaque jour apportant son lot de révélations choquantes. D'anciens agents témoignèrent de l'ampleur de l'Opération Phénix, décrivant en détail comment de jeunes talents étaient repérés, formés, puis placés stratégiquement dans la société.

Un moment particulièrement poignant fut le témoignage de Julien Marceau, l'ex-président. Amaigri et visiblement éprouvé, il raconta comment il avait été manipulé pendant des années par celle qu'il croyait être l'amour de sa vie.

"Je pensais construire une présidence pour le bien de la France," dit-il, la voix brisée. "Mais j'étais en réalité un pion dans un jeu dont je ne connaissais même pas les règles."

Léa Moreau fut appelée à la barre pour témoigner de son enquête. Elle décrivit les menaces, les intimidations et les obstacles qu'elle avait dû surmonter pour révéler la vérité.

"Ce n'était pas qu'une simple affaire journalistique," expliqua-t-elle. "C'était un combat pour la vérité, pour la transparence, pour l'intégrité de notre démocratie."

Le moment le plus attendu fut sans doute le témoignage d'Élisabeth Marceau elle-même. Lorsqu'elle prit place à la barre, un silence de plomb tomba sur la salle.

"Oui, j'ai menti," commença-t-elle d'une voix claire. "Oui, j'ai manipulé. Mais je l'ai fait en croyant sincèrement agir pour le bien de mon pays."

Elle raconta son recrutement, sa formation, les années passées à construire sa nouvelle identité. Elle décrivit le poids écrasant du secret, la peur constante d'être découverte.

"J'étais prisonnière d'un système que je n'avais pas choisi," dit-elle. "Mais je ne cherche pas à me dédouaner. J'accepterai la sentence que vous jugerez appropriée."

Le dernier jour du procès, alors que les plaidoiries finales touchaient à leur fin, l'avocat de la défense fit une déclaration surprenante.

"Ce procès ne devrait pas seulement juger les individus ici présents," argua-t-il. "C'est tout un système, toute une culture du secret et de la manipulation au plus haut niveau de l'État qui devrait être sur le banc des accusés."

Après des heures de délibération, le jury rendit son verdict. Élisabeth Marceau et la plupart des accusés furent reconnus coupables de la majorité des charges. Les peines allaient de plusieurs années de prison à la réclusion à perpétuité pour les principaux organisateurs de l'Opération Phénix.

Alors que les condamnés étaient emmenés, Léa Moreau observait la scène, partagée entre un sentiment de triomphe et une profonde mélancolie. La vérité avait éclaté, la justice avait été rendue, mais à quel prix ?

En quittant le Palais de Justice ce soir-là, elle savait que la France ne serait plus jamais la même. Le procès du siècle avait mis à nu les failles d'un système, ébranlé la confiance du peuple envers ses institutions. Mais peut-être était-ce le prix à payer pour un renouveau démocratique, pour une République plus transparente et plus intègre.

Dehors, la nuit tombait sur Paris. Une page de l'histoire de France venait de se tourner, et l'avenir, bien qu'incertain, s'annonçait sous le signe de la vérité enfin révélée.

Chapitre 56 : Léa face aux conséquences

Le soleil se levait à peine sur Paris lorsque Léa Moreau émergea de son appartement, le visage marqué par une nuit sans sommeil. Les révélations explosives qu'elle avait publiées la veille sur le passé secret d'Élisabeth Marceau et l'Opération Phénix avaient déclenché un séisme médiatique et politique sans précédent.

Alors qu'elle descendait les marches de son immeuble, Léa sentit immédiatement les regards se poser sur elle. Certains passants la dévisageaient avec curiosité, d'autres avec hostilité. Elle avait l'impression que son visage, omniprésent dans les médias ces derniers jours, était désormais connu de tous.

Sur le chemin de la rédaction du Révélateur, Léa ne put s'empêcher de remarquer les unes des kiosques à journaux. Son nom et sa photo s'étalaient en gros titres, accompagnés de qualificatifs allant de "journaliste courageuse" à "traître à la nation". La polarisation de l'opinion publique était frappante.

Arrivée au journal, Léa fut accueillie par une standing ovation de ses collègues. Marc Lefort, le rédacteur en chef, vint à sa rencontre, le visage grave malgré la fierté évidente dans ses yeux.

"Léa, ton bureau a été fouillé cette nuit," annonça-t-il sans préambule. "La police est venue avec un mandat. Ils ont saisi tous tes dossiers."

Léa sentit son cœur s'accélérer. Elle s'était préparée à des représailles, mais la rapidité de la réaction l'inquiétait. "Ont-ils trouvé quelque chose ?"

Marc secoua la tête. "Tu avais bien caché les documents les plus sensibles, comme je te l'avais conseillé. Mais ce n'est que le début, Léa. Le gouvernement va riposter dur."

Comme pour confirmer ses dires, le téléphone de Léa vibra. Un message d'un numéro inconnu : "Rendez-vous immédiatement au Ministère de l'Intérieur. Votre présence est requise pour un interrogatoire."

Léa sentit la panique monter en elle, mais s'efforça de garder son calme. Elle savait que ce moment arriverait, mais elle ne s'y était pas préparée si tôt.

"Marc, je dois y aller," dit-elle, la voix tremblante malgré elle. "Le Ministère de l'Intérieur veut m'interroger."

Le rédacteur en chef posa une main rassurante sur son épaule. "N'y va pas seule. Notre avocat t'accompagnera. Et n'oublie pas, Léa : tu n'as rien fait de mal. Tu as juste révélé la vérité."

Le trajet jusqu'au Ministère fut un calvaire. Dans la voiture, accompagnée de l'avocat du journal, Léa ne cessait de repenser aux événements des derniers jours. Avait-elle fait le bon choix en publiant ces informations ? Les conséquences allaient-elles dépasser ce qu'elle avait imaginé ?

À leur arrivée, ils furent immédiatement escortés dans un bureau austère. Jean-Baptiste Rochat, le redoutable directeur de la DGSI, les attendait, le visage fermé.

"Mademoiselle Moreau," commença-t-il d'une voix glaciale, "vous vous rendez compte, j'espère, de la gravité de vos actes. Vous avez mis en danger la sécurité nationale."

Léa, malgré sa peur, décida de tenir tête. "J'ai révélé la vérité au peuple français, Monsieur Rochat. N'est-ce pas le devoir d'une journaliste dans une démocratie ?"

Rochat eut un rictus. "La démocratie a parfois besoin de secrets pour fonctionner, Mademoiselle. Vous avez ouvert la boîte de Pandore."

L'interrogatoire dura des heures. Rochat et ses agents tentèrent par tous les moyens de faire avouer à Léa ses sources, de l'intimider, de la faire douter. Mais elle tint bon, s'accrochant à sa conviction d'avoir agi pour le bien de la vérité.

Quand elle put enfin quitter le Ministère, Léa était épuisée mais soulagée. Elle n'avait rien révélé qui puisse compromettre ses sources ou ses informations encore non publiées.

Mais son soulagement fut de courte durée. En sortant du bâtiment, elle fut assaillie par une horde de journalistes. Les flashs crépitaient, les questions fusaient de toutes parts. Léa se fraya un chemin jusqu'à la voiture, refusant de commenter.

Le soir venu, seule dans son appartement, Léa alluma la télévision. Toutes les chaînes parlaient de l'affaire Marceau et de ses révélations. Des experts débattaient des implications pour la présidence, pour la sécurité nationale, pour l'avenir de la France.

Son téléphone ne cessait de vibrer. Messages de soutien, menaces, propositions d'interview... Léa se sentait submergée par l'ampleur de ce qu'elle avait déclenché.

Soudain, un coup à sa porte la fit sursauter. Méfiante, elle regarda par le judas. C'était Pierre Dumas, le conseiller du Président Marceau.

"Léa, ouvrez, je vous en prie," dit-il d'une voix urgente. "Vous êtes en danger."

Elle hésita un instant, puis ouvrit la porte. Dumas entra précipitamment, le visage marqué par l'inquiétude.

"Ils veulent vous faire taire, Léa," dit-il sans préambule. "Rochat a ordonné votre arrestation pour demain matin. Vous devez quitter Paris immédiatement."

Léa sentit le sol se dérober sous ses pieds. "Mais... je n'ai fait que dire la vérité !"

Dumas secoua la tête tristement. "La vérité est dangereuse pour certains, Léa. Écoutez, j'ai préparé un plan pour vous faire sortir de la ville. Mais vous devez me faire confiance."

Alors que la nuit tombait sur Paris, Léa Moreau se retrouvait face à un choix cornélien. Fuir et continuer son combat pour la vérité depuis la clandestinité ? Ou rester et affronter les conséquences de ses actes ?

Une chose était certaine : sa vie ne serait plus jamais la même. Les révélations sur Élisabeth Marceau et l'Opération Phénix avaient ouvert une boîte de Pandore dont personne ne pouvait prévoir les conséquences. Et Léa, malgré sa peur, savait qu'elle était désormais au cœur d'une tempête qui allait redéfinir l'histoire de la France.

Chapitre 57 : La reconstruction du couple présidentiel

Le soleil se levait sur Paris, baignant l'Élysée d'une douce lumière dorée. Dans leurs appartements privés, Julien et Élisabeth Marceau étaient assis côte à côte sur le canapé, leurs mains entrelacées dans un geste qui trahissait à la fois intimité et fragilité. Les dernières semaines avaient été un tourbillon d'émotions, de révélations et de crises, mais pour la première fois depuis longtemps, un calme précaire semblait s'être installé.

Julien rompit le silence en premier. "Élisabeth," commença-t-il, sa voix empreinte de fatigue mais aussi d'une détermination renouvelée, "nous avons traversé l'enfer. Mais je veux que nous reconstruisions ce que nous avons. Ensemble."

Élisabeth tourna son visage vers lui, ses yeux brillant de larmes contenues. "En es-tu sûr, Julien ? Après tout ce que tu as appris sur moi, sur mon passé..."

"Je ne vais pas mentir," répondit Julien en serrant doucement sa main. "Apprendre la vérité sur l'Opération Phénix, sur ton implication... ça m'a brisé le cœur. J'ai douté de tout, de notre relation, de notre amour."

Il marqua une pause, cherchant ses mots. "Mais j'ai réalisé quelque chose. Malgré les mensonges, malgré les secrets, ce que nous avons construit ensemble est réel. Notre amour est réel."

Élisabeth laissa échapper un sanglot étouffé. "J'ai eu tellement peur de te perdre, Julien. Chaque jour, je voulais tout te dire, mais je craignais que la vérité ne détruise tout."

"La vérité a failli tout détruire," admit Julien. "Mais elle nous a aussi libérés. Plus de secrets entre nous maintenant."

Ils restèrent silencieux un moment, laissant le poids de ces mots s'installer entre eux. Le chemin vers la reconstruction serait long et difficile, ils le savaient tous les deux.

"Comment allons-nous gérer cela publiquement ?" demanda finalement Élisabeth. "Le pays entier connaît maintenant mon passé, mon implication dans l'Opération Phénix."

Julien se leva, s'approchant de la fenêtre. Au loin, il pouvait voir les premiers signes d'activité dans les rues de Paris. "Nous allons affronter cela ensemble, avec honnêteté et transparence. Plus de mensonges, plus de dissimulations."

Il se retourna vers sa femme, un léger sourire aux lèvres. "Tu sais, malgré tout, le peuple français t'aime toujours. Ton discours de vérité a touché beaucoup de gens. Ils voient en toi quelqu'un qui a surmonté son passé pour devenir une force positive."

Élisabeth se leva à son tour, rejoignant son mari près de la fenêtre. "Tu crois vraiment que nous pouvons surmonter cela ? Que notre couple, que ta présidence peuvent survivre à un tel scandale ?"

Julien prit son visage entre ses mains, plongeant son regard dans le sien. "J'en suis convaincu. Nous sommes plus forts ensemble,

Élisabeth. Et je crois que la France a besoin de nous voir unis, résilients face à l'adversité."

Leur conversation fut interrompue par un coup discret à la porte. Pierre Dumas, le visage marqué par la fatigue mais porteur d'un optimisme prudent, entra dans la pièce.

"Monsieur le Président, Madame," commença-t-il, "j'ai les premiers retours des sondages post-révélations. C'est... encourageant."

Julien et Élisabeth échangèrent un regard surpris. "Vraiment ?" demanda le Président.

Dumas acquiesça. "Votre gestion de la crise, votre transparence ces derniers jours... Cela semble avoir touché les Français. Votre cote de popularité, bien qu'affectée, reste étonnamment stable."

Cette nouvelle insuffla un nouvel espoir au couple présidentiel. Peut-être que leur histoire de rédemption et de reconstruction pouvait réellement inspirer la nation.

Dans les jours qui suivirent, Julien et Élisabeth travaillèrent main dans la main pour reconstruire non seulement leur couple, mais aussi la confiance du peuple français. Ils multiplièrent les apparitions publiques, accordèrent des interviews où ils parlèrent ouvertement des défis qu'ils avaient surmontés.

Élisabeth, en particulier, s'engagea davantage dans des causes sociales, utilisant son expérience personnelle pour défendre ceux qui cherchaient une seconde chance. Son passé, autrefois source de honte et de secrets, devint un outil pour inspirer et motiver.

Un soir, alors qu'ils se préparaient pour un dîner d'État, Julien surprit Élisabeth en train de contempler une vieille photo d'elle en tant que Claire Dubois.

"À quoi penses-tu ?" demanda-t-il doucement.

Élisabeth se tourna vers lui, un sourire mélancolique aux lèvres. "Je pensais à quel point la vie est étrange. Cette jeune fille n'aurait jamais imaginé devenir qui je suis aujourd'hui. Malgré toutes les épreuves, malgré les erreurs... Je suis reconnaissante pour le chemin parcouru."

Julien l'enlaça tendrement. "Nous avons tous les deux grandi, changé. Mais je crois que c'est ce qui rend notre amour plus fort."

Alors qu'ils quittaient leurs appartements pour rejoindre leurs invités, le couple présidentiel marchait d'un pas assuré, uni dans l'adversité et renforcé par les épreuves traversées. Ils savaient que le chemin de la reconstruction serait long, mais pour la première fois depuis longtemps, l'avenir semblait prometteur.

La France, témoin de leur résilience et de leur amour renouvelé, commençait à voir en eux non seulement des dirigeants, mais des êtres humains capables de surmonter les plus grandes difficultés. Et dans cette histoire de pardon et de second départ, beaucoup trouvaient une source d'inspiration pour leurs propres vies.

Le scandale qui avait menacé de tout détruire était en train de se transformer en une histoire de rédemption et d'espoir. Julien et Élisabeth Marceau, plus unis que jamais, étaient prêts à écrire le prochain chapitre de leur vie, ensemble et aux yeux de tous.

Chapitre 58 : Un nouveau départ pour la France

Le soleil se levait sur Paris, baignant la ville d'une lumière nouvelle et pleine d'espoir. Après des semaines de chaos et d'incertitude suite aux révélations sur l'Opération Phénix et le passé d'Élisabeth Marceau, la France s'éveillait à une ère nouvelle.

La veille au soir, le Président Julien Marceau avait prononcé un discours historique à la télévision nationale. Debout dans le bureau présidentiel de l'Élysée, le visage marqué par l'épreuve mais le regard déterminé, il s'était adressé aux Français avec une honnêteté sans précédent :

"Mes chers compatriotes, l'heure est venue pour notre nation de tourner une page sombre de son histoire et d'embrasser un nouveau départ. Les révélations de ces dernières semaines ont ébranlé les fondements mêmes de notre République. L'Opération Phénix, ce programme secret qui visait à infiltrer les plus hautes sphères du pouvoir, a trahi la confiance que vous, le peuple français, avez placée en vos institutions."

Il avait marqué une pause, son regard se faisant plus intense. "Je prends aujourd'hui la décision de démissionner de mes fonctions de Président de la République. Cette décision n'a pas été facile, mais elle est nécessaire pour permettre à notre pays de se reconstruire sur des bases saines et transparentes."

L'annonce avait provoqué un séisme politique. Dans les rues de Paris, des foules s'étaient rassemblées spontanément, certains applaudissant le courage du Président, d'autres réclamant des comptes.

Le matin suivant, alors que le pays se réveillait encore sous le choc, une atmosphère étrange régnait dans la capitale. Un mélange d'incertitude et d'espoir flottait dans l'air.

Léa Moreau, la journaliste dont les investigations avaient déclenché toute l'affaire, se tenait sur les marches du Palais Bourbon. Une conférence de presse était prévue dans quelques minutes, où les principaux leaders politiques devaient annoncer la formation d'un gouvernement d'union nationale pour gérer la transition.

Alors qu'elle attendait, Léa repensait au chemin parcouru. Son enquête avait commencé comme une simple investigation sur le passé mystérieux de la Première Dame, mais elle avait fini par mettre au jour un système de manipulation qui s'étendait sur des décennies. Le prix à payer avait été lourd - menaces, intimidations, tentatives d'assassinat - mais elle savait que son combat pour la vérité en avait valu la peine.

Pierre Dumas, l'ancien conseiller présidentiel devenu son allié improbable, s'approcha d'elle. "Prête pour un nouveau chapitre, Mademoiselle Moreau ?"

Léa esquissa un sourire fatigué. "Je ne suis pas sûre que la France soit prête pour ce qui va suivre. Le chemin vers la reconstruction sera long."

Dumas acquiesça gravement. "Mais nécessaire. Les révélations sur l'Opération Phénix ont ouvert une boîte de Pandore. Il faudra du temps pour restaurer la confiance du peuple envers ses institutions."

À ce moment, les portes du Palais Bourbon s'ouvrirent. Une procession de figures politiques émergea, représentant tout l'éventail du spectre politique français.

Le nouveau Premier ministre par intérim, une femme respectée pour son intégrité, s'avança vers les micros. Son visage reflétait la gravité de la situation, mais aussi une détermination inébranlable.

"Citoyens français," commença-t-elle, "nous nous tenons aujourd'hui à l'aube d'une nouvelle ère pour notre République. Les événements récents ont mis en lumière des failles profondes dans notre système. Mais ils nous offrent aussi une opportunité unique de rebâtir notre démocratie sur des fondations plus solides et plus transparentes."

Elle détailla ensuite les mesures immédiates qui seraient prises : une commission d'enquête indépendante pour faire toute la lumière sur l'Opération Phénix, des réformes profondes des services de renseignement, et la préparation d'élections anticipées dans les six mois.

Alors que la conférence de presse se poursuivait, Léa observait les réactions de la foule rassemblée. Elle y voyait un mélange de scepticisme et d'espoir prudent. Les Français, habitués aux promesses non tenues des politiques, restaient sur leurs gardes. Mais il y avait aussi une énergie nouvelle, un désir palpable de changement.

Dans les jours et les semaines qui suivirent, la France connut une période de transformation intense. Les révélations continuaient d'affluer, mettant au jour des décennies de manipulations et de secrets. Des figures politiques tombaient, des carrières étaient brisées, mais de nouvelles voix émergeaient aussi, porteuses d'idées fraîches et d'un désir sincère de réforme.

Élisabeth Marceau, l'ancienne Première Dame au cœur de la tempête, avait choisi de s'exiler volontairement. Dans une lettre ouverte publiée dans la presse, elle avait exprimé ses regrets et expliqué les circonstances qui l'avaient amenée à participer à l'Opération Phénix. Sa franchise inattendue avait touché de nombreux Français, rappelant que derrière les machinations politiques se cachaient aussi des drames humains.

Trois mois après la démission de Julien Marceau, Léa publia un livre retraçant toute l'affaire. "Les Phénix de la République" devint instantanément un best-seller, alimentant les débats et contribuant à la prise de conscience collective.

Un soir, alors qu'elle signait des exemplaires dans une librairie parisienne, une jeune femme s'approcha d'elle.

"Mademoiselle Moreau," dit-elle, "je voulais vous remercier. Votre travail a inspiré toute une génération à s'engager pour plus de transparence en politique. Grâce à vous, nous osons croire à un vrai changement."

Léa sentit une émotion intense la submerger. Pour la première fois depuis le début de cette affaire, elle réalisait pleinement l'impact de son travail. Au-delà des scandales et des révélations choquantes, son enquête avait déclenché un mouvement de fond, un désir collectif de renouveau démocratique.

Alors que la campagne pour les élections anticipées battait son plein, un vent nouveau soufflait sur la France. De nouveaux visages émergeaient en politique, porteurs d'idées novatrices et d'un engagement sincère pour la transparence. Les citoyens, galvanisés par les événements récents, s'impliquaient davantage dans la vie politique, exigeant des comptes de leurs élus.

Le soir des élections, Léa se tenait dans la salle de rédaction du Révélateur, observant les résultats s'afficher en temps réel. Le taux de participation record et l'émergence de nouvelles forces politiques témoignaient d'un véritable renouveau démocratique.

Alors que le nouveau président élu prononçait son discours de victoire, promettant une ère de transparence et de renouveau, Léa sentit une vague d'espoir l'envahir. La route serait longue et semée d'embûches, mais la France avait pris un nouveau départ.

Elle savait que son rôle de journaliste serait plus crucial que jamais dans les années à venir. Il faudrait rester vigilant, continuer à poser les questions difficiles, s'assurer que les promesses de transparence soient tenues.

Mais ce soir-là, alors que Paris célébrait ce nouveau chapitre de son histoire, Léa Moreau se permit de savourer cette victoire. La vérité avait triomphé, et avec elle, l'espoir d'une démocratie plus forte et plus juste était né.

Le soleil se couchait sur la Ville Lumière, symbolisant la fin d'une époque sombre et l'aube d'une ère nouvelle pour la France. Un nouveau départ, plein de promesses et de défis, s'ouvrait pour la nation.

Chapitre 59 : Les leçons de l'affaire

Le soleil se levait sur Paris, baignant la ville d'une lumière nouvelle. Après des mois de révélations choquantes, de scandales politiques et de bouleversements institutionnels, la France semblait émerger lentement de la tempête provoquée par l'affaire Élisabeth Marceau.

Dans son bureau au journal Le Révélateur, Léa Moreau contemplait la une du jour. Son propre visage la fixait, accompagné du titre "Léa Moreau : la journaliste qui a fait trembler l'Élysée reçoit le prix Albert Londres". Elle ressentait un mélange de fierté et d'épuisement. Son enquête acharnée avait permis de mettre au jour l'un des plus grands scandales de la Ve République, mais à quel prix ?

Elle repensa aux événements des derniers mois. La chute du gouvernement Marceau, les arrestations en série de hauts fonctionnaires impliqués dans l'Opération Phénix, les révélations sur des décennies de manipulation au sommet de l'État. La France avait traversé une crise politique sans précédent, mais elle en sortait peut-être plus forte, plus transparente.

Un coup frappé à sa porte la tira de ses réflexions. C'était Marc Lefort, son rédacteur en chef.

"Léa, il y a quelqu'un qui veut te voir", dit-il avec un sourire énigmatique.

Intriguée, Léa le suivit jusqu'à la salle de conférence. Son cœur manqua un battement quand elle vit qui l'attendait : Élisabeth Marceau en personne.

L'ex-Première Dame semblait avoir vieilli de dix ans. Son visage portait les marques de l'épreuve qu'elle avait traversée, mais ses yeux brillaient toujours de cette intelligence acérée qui l'avait caractérisée.

"Mademoiselle Moreau", commença Élisabeth d'une voix douce. "Je tenais à vous rencontrer en personne, pour vous remercier."

Léa resta sans voix. De tous les scénarios qu'elle avait imaginés, celui-ci ne lui avait jamais traversé l'esprit.

"Me remercier ?" balbutia-t-elle finalement.

Élisabeth eut un sourire triste. "Oui. Votre enquête a peut-être détruit ma vie telle que je la connaissais, mais elle m'a aussi libérée d'un fardeau que je portais depuis trop longtemps."

Les deux femmes s'assirent, et pendant les heures qui suivirent, Élisabeth se confia comme elle ne l'avait jamais fait auparavant. Elle parla de son recrutement par l'Opération Phénix, de ses années de formation, de la façon dont on l'avait façonnée pour devenir l'ultime agent d'influence.

"J'ai cru pendant longtemps que je servais mon pays", expliqua-t-elle. "Mais au fil des années, j'ai réalisé que j'étais devenue un pion dans un jeu qui me dépassait."

Léa écoutait, fascinée. Elle comprenait maintenant la complexité du personnage qu'était Élisabeth Marceau, à la fois victime et complice d'un système corrompu.

"Que va-t-il se passer maintenant ?" demanda Léa.

Élisabeth soupira. "Je vais témoigner devant la commission d'enquête parlementaire. Je leur dirai tout ce que je sais. C'est la seule façon de tourner vraiment la page."

Alors qu'Élisabeth s'apprêtait à partir, elle se tourna une dernière fois vers Léa. "Votre enquête a secoué les fondements de notre démocratie, Mademoiselle Moreau. Mais parfois, il faut ébranler les institutions pour les rendre plus fortes."

Ces mots résonnèrent dans l'esprit de Léa longtemps après le départ d'Élisabeth. Elle réalisa que cette affaire avait non seulement changé sa propre vie, mais aussi profondément marqué la société française.

Dans les semaines qui suivirent, Léa observa les changements qui s'opéraient dans le pays. Une nouvelle loi sur la transparence de la vie publique était en discussion au Parlement. Les services de renseignement faisaient l'objet d'un contrôle accru. Et surtout, les citoyens semblaient plus engagés, plus vigilants face aux abus de pouvoir.

Un soir, alors qu'elle travaillait tard au bureau, Léa reçut un appel inattendu. C'était Julien Marceau, l'ex-président.

"Mademoiselle Moreau", dit-il d'une voix fatiguée. "Je voulais vous dire... malgré tout ce qui s'est passé, je pense que vous avez fait ce qu'il fallait. La France avait besoin de cette prise de conscience."

Léa fut touchée par ces mots. "Monsieur le Président... comment allez-vous ?"

Il y eut un long silence. "Je reconstruis ma vie, loin de la politique. Élisabeth et moi... nous essayons de nous retrouver, de comprendre ce qui était vrai dans notre histoire."

Après avoir raccroché, Léa resta pensive. Cette affaire avait bouleversé tant de vies, révélé tant de mensonges, mais elle avait aussi permis une introspection nécessaire, tant au niveau individuel que national.

Le lendemain, Léa fut invitée à donner une conférence à l'École de Journalisme. Face à un auditoire de jeunes étudiants avides, elle partagea les leçons qu'elle avait tirées de cette enquête hors norme.

"Le journalisme d'investigation n'est pas un sport de combat", leur dit-elle. "C'est une quête de vérité, parfois douloureuse, souvent dangereuse, mais toujours nécessaire. Notre devoir est de révéler ce qui doit l'être, mais aussi de comprendre la complexité des situations et des êtres humains impliqués."

Elle leur parla de l'importance de l'intégrité, de la rigueur, mais aussi de l'empathie. Elle souligna le pouvoir que détenaient les journalistes et la responsabilité qui allait avec.

"L'affaire Marceau nous a montré que personne n'est au-dessus des lois, pas même ceux qui les font. Mais elle nous a aussi rappelé que derrière chaque scandale, il y a des êtres humains, avec leurs faiblesses et leurs contradictions."

En quittant l'amphithéâtre sous les applaudissements, Léa se sentit emplie d'un nouvel espoir. Malgré les zones d'ombre qu'elle avait mises au jour, malgré les désillusions et les trahisons, elle croyait plus que jamais en la force de la démocratie et au pouvoir de la vérité.

L'affaire Élisabeth Marceau avait secoué la France jusqu'à ses fondations. Mais de ces décombres émergeait peut-être une nation plus forte, plus transparente, plus vigilante. Et Léa Moreau, la journaliste qui avait osé défier le pouvoir, était déterminée à continuer son combat pour la vérité, quelles que soient les tempêtes à venir.

Chapitre 60 : Épilogue : Dix ans plus tard

Le soleil se levait sur Paris, baignant la ville d'une lumière dorée. Sur la terrasse d'un café du 6ème arrondissement, Léa Moreau, désormais quinquagénaire, sirotait un café tout en parcourant les gros titres du jour. Dix ans s'étaient écoulés depuis l'affaire Élisabeth Marceau, mais les ondes de choc continuaient de se faire sentir dans la politique française.

Léa posa son journal et laissa son regard errer sur la rue animée. Son visage portait les marques du temps et de l'expérience, mais ses yeux brillaient toujours de cette détermination qui l'avait poussée à révéler la vérité sur l'Opération Phénix.

Elle repensa aux événements tumultueux qui avaient suivi ses révélations. La démission forcée de Julien Marceau, les procès retentissants des hauts fonctionnaires impliqués dans l'opération, la refonte complète des services de renseignement français. Et bien sûr, la disparition mystérieuse d'Élisabeth Marceau, dont on n'avait plus jamais entendu parler depuis.

Son téléphone vibra, la tirant de ses pensées. C'était un message de son éditeur : "Félicitations, Léa ! Votre livre 'L'Affaire Phénix : Dix ans après' est en tête des ventes."

Un sourire mélancolique se dessina sur ses lèvres. Le livre était le fruit de dix années de recherches supplémentaires, de témoignages recueillis, de documents déclassifiés. Il apportait un nouvel éclairage sur l'affaire qui avait secoué la France, révélant des ramifications encore plus profondes qu'on ne l'avait imaginé à l'époque.

Alors qu'elle finissait son café, Léa aperçut une silhouette familière de l'autre côté de la rue. Son cœur manqua un battement. Était-ce possible ? La femme, d'une soixantaine d'années, élégante malgré ses traits fatigués, lui rappelait étrangement Élisabeth Marceau.

Leurs regards se croisèrent un instant. La femme eut un léger hochement de tête, presque imperceptible, avant de disparaître dans la foule.

Léa resta figée, incertaine de ce qu'elle venait de voir. Était-ce réellement Élisabeth ? Ou simplement le fruit de son imagination, nourrie par des années d'obsession pour cette affaire ?

Elle secoua la tête, chassant ces pensées. Peut-être que certains mystères étaient destinés à rester non résolus. L'important était que la vérité sur l'Opération Phénix avait éclaté au grand jour, changeant à jamais le visage de la politique française.

Léa se leva, prête à affronter une nouvelle journée. L'affaire Marceau avait peut-être pris fin, mais son combat pour la vérité et la transparence continuait. Et tant qu'il y aurait des secrets à dévoiler, des injustices à combattre, Léa Moreau serait là, sa plume comme seule arme, prête à ébranler les fondations du pouvoir.

Alors qu'elle s'éloignait, le soleil illuminait pleinement les rues de Paris. Une nouvelle ère s'était ouverte pour la France, née des cendres d'un scandale sans précédent. Et quelque part dans l'ombre, peut-être, Élisabeth Marceau continuait de porter le poids de ses secrets, témoin silencieux d'une histoire qui avait changé le cours d'une nation.

La vie continuait, mais l'écho de l'Affaire Phénix résonnait encore, rappelant à tous que la vérité, aussi douloureuse soit-elle, finit toujours par éclater au grand jour.